DARK PALADIN

Inhalt

1

DOTSCH
UH ...
AH ...

DO
FRRRT
SH
!
TAPP
W...
WER BIST DU?
RTZ
SST
SPLOSH

WAS ZUR ...
SWISH
AAAH!
GA
KRK KRK
DEIN ...
... GESCHÄFT LÄUFT OFFENBAR RECHT GUT!
SHING

ICH MUSS DICH BITTEN, MIR ZU FOLGEN!

Kapitel 1 Dramatische Rettung

SCHRFF
SCHRFF
SCHRFF
SCHRFF

PAM
DO
DER MANN IST EIN SCHWARZHÄNDLER.
SCHAFFT IHN INS GEFÄNGNIS.
I... ICH FLEHE EUCH AN! BRINGT MICH VOR DEM IN SICHERHEIT!
DIESES UNGEHEUER BRINGT MICH SONST UM!
...
ICH GESTEHE ALLES, WAS IHR WOLLT!
ICH WAR AUF EINEM RUNDGANG AUFGRUND EINER ANZEIGE WEGEN ZAUBERTRANKSCHMUGGELS.
IN DER NÄHE DER LANDESGRENZE BIN ICH AUF DIESEN MANN GESTOSSEN, ALS ER GERADE VON EIDECHSENMÄNNERN ANGEGRIFFEN WURDE.

DAMIT GIBT ES WIEDER ...
... EINEN SCHURKEN WENIGER IN DER WELT.
SAG MAL, DU BIST DOCH EIN ...
... „DUNKLER RITTER“, ODER?
DEINEM AUSSEHEN NACH ...
JA, UND?
SIEH DICH DOCH MAL UM!
DIE LEUTE HABEN FURCHTBARE ANGST VOR DIR.
?
ZITTER
WAH!
E...
ER SIEHT ZU UNS!

SEHT IHM NICHT IN DIE AUGEN!
SONST TÖTET ER EUCH!
DIESEN SCHWARZHÄNDLER NEHMEN WIR FÜRS ERSTE IN GEWAHRSAM, ...
... ABER DU UNTERNIMMST BITTE SOFORT WAS GEGEN DAS GANZE BLUT, DAS AN DIR KLEBT!
SO WAS BLÖDES.
KLANG
WAS KANN ICH DAFÜR, DASS ICH EIN SCHWARZER RITTER BIN?
DIE „BLUTBESPRITZTE RÜSTUNG“ ...
... IST DOCH NUR DER BEWEIS DAFÜR, DASS WIR DIE MENSCHEN BESCHÜTZEN!

WIE KANN ICH DEN LEUTEN NUR KLARMACHEN, ...
... FÜR WELCHE WERTE WIR ALS DUNKLE RITTER STEHEN?
ICH DACHTE, DER BRINGT MICH JEDEN MOMENT UM!
DIE SIND DOCH ALLE AUFTRAGSMÖRDER!
ER IST SO GRUSELIG!
VON DEM HALT ICH MICH LIEBER FERN!
...
HM?
DO
DO
DO
DO
WAS IST DAS?
DO
DO
DO
DO
DO
M

DO DO DO DO DO
DO
DO DO
EINE KUTSCHE?
DO DO DO
DO DO
DO DO
DEM KUTSCHER GEHEN DIE PFERDE DURCH!

I... IHR ... ... VERFLUCHTEN ...
WOLLT IHR WOHL ...
... HÖREN?!
GUAH
ALLES IN ORDNUNG?
WAS IST DENN PASSIERT?
M... MONSTER ...
SIE SIND PLÖTZLICH ...

MONSTER, SAGST DU?!
KI
KIKII
KEAAAA
TOMP
DIESER SCHREI!
TOMP
TOMP
TOMP
FLAPP FLAPP
!
ZCKKKK
DOPP
DOPP
DOPP
KRCKS

DAS SIND COCATRICE!
PAM
PAM

WAS MACHEN DIE DENN HIER?!
B... BITTE ...
... HELFT ...
KEINE SORGE!
ICH MACH DAS ...
DAS MEINE ICH NICHT!
IN DER KUTSCHE ...
... IST NOCH ...
ALLES KLAR!
!

KEA
KEA
DODODO
DODO
DOM
DO
DO
UM SIE SICHER AUSZUSCHALTEN, MUSS ICH IHREN VERSTEINERUNGSATEM NEUTRALISIEREN!
KEAAAA

WI HI HI HI HI HI HI
PAM
DA IST JEMAND!
PAM
PAM
!
TAPP

KEINE ...
... ANGST!

UND LOS GEHT'S !!!
ZAMM
HYU
HMPF!
UN
KEEA
WO
CK

FSCHUAAA
RCK

DNK
DNK
DNK
FSHAAA
NOCH …
… ZWEI!
TMP

ZACK
KIII
ZAM
M

NGIAAAAA
SHI
SWI
ZAA
PAN

DOMP
DOMP
NOCH ...
... EINER!
KU
GUAAAAAH

GRAB
DIE SONNE ...

K
GUAH
GN
IST DAS ALLES, ...

... WAS DU
DRAUFHAST?

OOOOOO
GA
DAS WAR'S!
SHIN
UND JETZT ...
!

DO
DO
DO
DA VORNE IST ...
SO EIN MIST!
GATA
GATA
GATA
DOM
DO
DO
DO
DU MUSST RAUS DA!!!
BEEIL DICH ...
!

DER VER-
STEINERUNGS-
ATEM HAT DIE
TÜR ...
KRCKS
DO
DO
DO
DO
ZURÜCK! ICH BRECHE DIE TÜR AUF!
DOM
DO
ZRRRT
NICK
!
DO
DOFN

KRK
KRK
DEINE HAND!
DNK
ZAM
DNK
...
DNK
RUCK
!
KYAAAH!
KRK
GRP
PASS AUF DEINEN KOPF AUF!

WAS?
?!
HOPP
KYAAAAAAAAH!!!
BA
AM

DOSHANG
HAH
HAH
DU BIST JETZT IN SICHERHEIT. EINFACH GANZ RUHIG ATMEN!
TUT DIR IRGENDWAS WEH?
HFFF
FUUU

M...
MIR TUT NICHTS WEH ...
ES GEHT MIR GUT ...
HNG
ALSO ... VIELEN DANK, DASS DU MICH GERETTET HAST.
...
TJA, FÜR DIE PFERDE WAR ES LEIDER ZU SPÄT.
TUT MIR LEID.
ABER NEIN!

DAS ÄNDERT DOCH NICHTS DARAN, DASS DU MICH GERETTET HAST.
ICH ...
KÖNIG-LICHE HOHEIT!
PRIN-ZESSIN SHELFA!
...
HOHEIT?

!
WER BIST DU?
DEIN UNHEILVOLLES AUSSEHEN ... MACHT DICH VERDÄCHTIG!
LEG DEINE WAFFE NIEDER!
WOLLTEST DU ETWA DIE PRINZESSIN ...
SST
HÖRT AUF DAMIT!

EU...
EURE HOHEIT ...
DIESER MANN HAT MIR DAS LEBEN GE-RETTET!
ICH ERLAUBE NICHT, DASS IHR IHN DERART UNHÖFLICH BEHANDELT!
WA... DIESER MANN?!
W... WIR BITTEN UM VER-GEBUNG!
...
ES TUT MIR LEID ... SEI IHNEN BITTE NICHT BÖSE!
K... KLAR ...

ST
BITTE VERZEIHT, RITTER.
WIR WAREN AUSSER UNS VOR SORGE, DER PRINZESSIN KÖNNTE ETWAS ZUSTOSSEN ...
ES TUT MIR LEID, DASS IHR EUCH MEINETWEGEN GESORGT HABT!
NEIN! HAUPTSACHE, IHR SEID UNVERSEHRT!
HASP
WAS IST MIT DEM KUTSCHER?
TAPP
ICH ...
... BIN HIER ...
HA HA!
ICH DANKE DEM HIMMEL, DASS ICH NOCH AM LEBEN BIN ...
!
DU BIST SCHLIMM VERLETZT!

ICH ...
... WERDE DICH SOFORT HEILEN!
FSHAAAAA
HEILIGER ZAUBER ...
... "CURE EMBRACE"!
I...
IHR ... WOLLT DOCH NICHT FÜR MICH ...
ABER JA!
DAFÜR IST DIESE KRAFT DOCH DA!
EURE HOHEIT!
OH ... WELCH HEILIGE KRAFT!
MAN KANN DABEI ZUSEHEN, WIE SEINE WUNDEN HEILEN!

ST
JETZT SOLLTE ES DIR BESSER GEHEN!
HOHEIT ... ICH DANKE EUCH VON HERZEN!
OH, WOW.
SIE IST SANFT, ...
... ABER AUCH MÄCHTIG!
IHRE LEUTE SCHEINEN IHR SEHR ZU VERTRAUEN.
ICH HABE ...
... ES VERSÄUMT, MICH EUCH VORZUSTELLEN, RITTER.

ICH BIN DIE VIERTE PRINZESSIN DES KÖNIGREICHS SANKT ASTERIA, ...
... SHELFA KLAN ASTERIO.
ICH BIN EUCH ...
... ZU TIEFSTEM DANK VER-PFLICHTET ...

ABER DASS ES ÜBERHAUPT DAZU GEKOMMEN IST ...
HM?
WAS IST?
EIGENTLICH WAR ICH AUF DEM WEG ZU EINER BESICHTIGUNG DER AKADEMIE HOLY EXPERT ...
HOLY ...
... EXPERT ...
DIE SCHULE FÜR HEILIGE ÄMTER, AN DER AUCH DIE HEILIGE KAISERLICHE GARDE AUSGEBILDET WIRD, ...
... DER STÄRKSTE RITTERORDEN DES KONTINENTS.

HEILIGE ÄMTER ...
PALADINE, HEILIGE RITTER ...
VERTRAUEN ...
GENAU WIE SIE?
DAS IST ES!
HM?
JA ... DAS IST DER EINZIGE WEG!
GNN
DAS IST DER PFAD, DEM ICH FOLGEN MUSS!

PRIN-
ZESSIN,
ICH
HÄTTE
EINE
BITTE.
UND
WAS ...
KÖNNTE
DAS
SEIN?
ABER
...
... NATÜRLICH,
ICH VERDANKE
DIR MEIN LEBEN!
WENN ES ETWAS
GIBT, DAS ICH
FÜR DICH TUN
KANN ...
ICH
MÖCHTE,
...
... DASS
IHR MICH AUF
DIESE SCHULE
GEHEN LASST!

DU SPRICHST ... VON DER HOLY EXPERT?
GENAU!
NUN, ...
... DU HAST OFFENSICHTLICH DAS ZEUG ZU EINEM RITTER ...
IN ORDNUNG!
ICH WERDE DICH PERSÖNLICH DORT EMPFEHLEN!
!
ICH BIN EUCH SEHR VERBUNDEN, ...
STRAHL
... PRINZESSIN SHELFA!
BITTE NENN MICH DOCH SHEL!
TI HI
APROPOS, ...
... ICH HABE DICH NOCH GAR NICHT NACH DEINEM NAMEN GEFRAGT!

ICH BIN KAI!
ALSO GUT, KAI.
ICH WERDE IN DEN NÄCHSTEN TAGEN DEINEN ANTRAG VORBEREITEN.
ICH FREUE MICH AUF DEN TAG, AN DEM ICH DICH AN DER SCHULE WIEDERSEHE!
DIE HOLY EXPERT!
...

ICH GLAUBE, JETZT WIRD'S SPANNEND!
DAS IST DER ERSTE SCHRITT AUF DEM WEG, DEN DUNKLEN RITTERN RESPEKT ZU VERSCHAFFEN.
GNN

ICH WERDE …
… DER STÄRKSTE PALADIN ALLER ZEITEN WERDEN!!!

DU BIST DER PRINZESSIN BEGEGNET? DAS IST JA TOLL! HAST DU DICH AUCH GUT BENOMMEN?
MAMA
AH ...
NEIN ...
ALSO ...

ER ...
... HAT MICH GEDUZT ...
ST
ST

TAPP
DAS IST ALSO …
… DIE HOLY EXPERT!

DIE HOLY EXPERT.
EINE KÖNIGLICHE AKADEMIE FÜR HEILIGE BERUFE, ...
... DIE ZAHLREICHE BE-RÜHMTE PALADINE, ERZBISCHÖFE, KARDINÄLE USW. HERVORGEBRACHT HAT.
HEILER
BISCHOF
PRIESTER
WEISSMAGIER
SCHAMANE
PALADIN

WER HIER AUSGEBILDET WIRD, HAT BESTE CHANCEN, IN DIE KAISERLICHE GARDE AUF-GENOMMEN ZU WERDEN, DEN STÄRKSTEN RITTERORDEN DES KON-TINENTS.
TAPP
DIESER SCHRITT ...
... IST DER ERSTE SCHRITT AUF MEINEM WEG ZUM STÄRKS-TEN RITTER!
UND ...
... ES IST DER ERSTE SCHRITT AUF DEM WEG IN UNSERE ZUKUNFT!

Kapitel 2 Ein Dunkler Ritter wird eingeschult

EIN MONAT ZUVOR, ...
... IM HAUSE DER FAMILIE BLOODIA ...
WAS?
HAB ICH ...
... DA RICHTIG GEHÖRT, KAI?
KAIS JÜNGERE SCHWESTER, NEKROMANTIN CHLOE BLOODIA
ICH SAGTE, ICH WERDE ...
... AUF DIE HOLY EXPERT GEHEN.
WAS ...
... REDEST DU DA FÜR EINEN UNSINN? DU KANNST DOCH N...

KLACK
IN DER TAT! DU LIEBE GÜTE!
KAIS MUTTER, HEXENMEISTERIN NOCHE BLOODIA
IN ZUKUNFT MUSS ICH AUCH FÜR DICH MITTAGESSEN ZUBEREITEN! ♪
HI HI HI.
DAS IST ALLES, WAS DIR DAZU EINFÄLLT?!
WIESO NIMMST DU DAS EINFACH SO HIN?!
ACH, KEINE ANGST, CHLOE! AUCH WENN ICH JETZT MEHR MACHEN MUSS, WIRD MEIN ESSEN DESHALB NICHT SCHLECHTER! ♪
DARUM GEHT ES DOCH GAR NICHT!
GRR
FINDEST DU DAS DENN KEIN BISSCHEN SELTSAM?

WARUM WILL KAI, EIN DUNKLER RITTER, ...
FWIP
... DER AUF DER DARK EXTRA MEHR ALS EINE KLASSE ÜBERSPRUN-GEN HAT, ...
... AUS-GERECHNET AUF DIE HOLY EXPERT GEHEN?!
ICH KANN DIR SAGEN, WARUM.
HÄ?
MEIN ZIEL IST ES, ...

... EIN ROYAL PALADIN ...
... ZU WER-DEN!
TADAA
PIEP
PIEP
PIEP
WAAAAAAS?!
FLAPP FLAPP

ROYAL PALADIN ...
... IST EIN TITEL, DER DEN BESTEN ZWÖLF RITTERN DER HEILIGEN KAISERLICHEN GARDE DES KÖNIGREICHS ASTERIA VERLIEHEN WIRD.
SIE FÜHREN AUSSER-GEWÖHNLICHE WAFFEN UND HABEN IN ZAHLREICHEN SCHLACHTEN SCHIER UN-MÖGLICHES GELEISTET.
SOWOHL INNERHALB ALS AUCH AUSSER-HALB DES REICHS GELTEN SIE ALS DIE STÄRKSTEN DER STARKEN.

WEISST DU ÜBERHAUPT, WAS DU DA SAGST?!
DAS SIND DIE ELITE DER PALADINE!
ICH WEISS.
GERADE DESWEGEN, CHLOE.
DIE ROYAL PALADIN VERKÖRPERN ULTIMATIVE STÄRKE.
WENN ICH, EIN DUNKLER RITTER, EINER VON IHNEN WERDE, BIN ICH IN WAHRHEIT UND AUCH DEM NAMEN NACH EINER DER STÄRKSTEN!

UND DANN ...
... WERDEN DIE MENSCHEN AUCH DIE DUNKLEN KÜNSTE ENDLICH ANERKENNEN UND UNS NICHT MEHR FÜRCHTEN!
WO
MM
GLAUBST DU ...
... ERNST-HAFT ...
FLAPP
CHLOE, ...
ABER PAPA ...
... LASS ES JETZT GUT SEIN.
KAIS VATER, DUNKLER RITTER ASH BLOODIA

KAI IST BEREITS SECHZEHN.
ER HAT SICH EINEN PFAD GESUCHT, DEM ER FOLGEN WILL.
AUCH WENN ES EIN ZIEMLICH DORNIGER IST.
DAS IST DIR DOCH KLAR, KAI?
JA!
GUT.
ALSO, ZEIT FÜRS ABEND-ESSEN.
AH ... JA!
STEHT NICHT FAUL HERUM, HELFT BEIM TISCH DECKEN.
HI HI HI! DAS ESSEN IST GLEICH FERTIG.

GUTEN APPETIT!
ICH VERSTEH DICH TROTZDEM NICHT!
DU HAST DOCH SO VIELE ANDERE OPTIONEN!
IM GRUNDE BIST DU JA FAST ZU GUT!
DU LÄSST ABER ...
... AUCH NICHT LOCKER, WAS?

WENN DU AUF DER DARK EXTRA BLEIBST, ...
... KÖNNTEST DU LOCKER EIN HOCHBEGABTEN-STIPENDIUM BEKOMMEN!
NICHT WAHR?
UND DANN KÖNNTEST DU MIT DEINEM LIEBEN BRUDER ZU SCHULE GEHEN, STIMMT'S?
PFFT
D... DARUM GEHT ES NICHT!
ES GEHT MIR ÜBERHAUPT NICHT DARUM, DASS ICH MIT KAI ZUSAMMEN SEIN WILL!!!
WT WT WT WT WT WT WT WT

ABER DAS IST SO WEIT WEG UND DU BIST JA AUCH EIN BISSCHEN SPEZIELL!
ICH BIN SPEZIELL?
HMM ....
DA MACHE ICH MIR ALS SCHWESTER NATÜRLICH SORG... ICH MACH MIR NATÜRLICH KEINE SORGEN!
ABER, ABER, CHLOE.
ICH MACHE MIR DOCH AUCH SORGEN.
MAMA ...
DIE SCHUL-UNIFORM DER HOLY EXPERT IST DOCH SCHNEEWEISS, NICHT WAHR?
OB DIR DAS AUCH STEHT?
DARUM SORGST DU DICH?!
ACH, NA JA, KAI STEHT JA SOWIE-SO AL...
GAR NIX!
HMM ... DU SIEHST IN DER SCHUL-UNIFORM AUCH HÜBSCH AUS, CHLOE.
WAS?
DAS IST MIR TOTAL EGAL!
ECHT? E HE HE ...
...
KLACK
ALSO ECHT ...

ÜBRIGENS, MEINE LIEBEN!
WIE FINDET IHR HEUTE MEINE SUPPE?
IST GUT, ODER? ♪
...
SSLP

M... MAMA!
WELCHES GIFT HAST DU DA ...
NUR EIN KLEINER SCHUSS NERVENGIFT! ♪ IHR MÜSST AUCH DA-GEGEN EINE RESISTENZ AUFBAUEN!
UHUM, LECKER!
DANKE, SCHATZ! ♡
L... LUFT ...
ÄRKS!
W...
FSH
WENN DAS SO IST, DANN ...
SWUN

IN MEINER TASCHE IST EIN GEGENGIFT ...
HOL ES MIR!
NICK
AR
...
HERRJE!
GUT VORBE-REITET!
PUHA!
DAS WAR KNAPP!
HNG
EIN BESCHWÖ-RUNGS-ZAUBER?!

JA.
DA IST JA NOCH WAS DRIN!
ZWUP
HM?
HE ...
GLUGG
AH ...
MO...
SWO
DEM FEIND ...
INDIREKTER KUSS ...
PUH ...
WAS IST?
MAN NIMMT, WAS MAN KRIEGT, AUCH WENN ES DEM FEIND GEHÖRT, RICHTIG?
D... DU ...
OH

GRO
AAR
...BLÖDMANN!!!
BLÖDER, BLÖDER, BLÖDER, BLÖDER KAI!
HEFF
UWAAAAAH!
WAS SOLL DENN DAS AUF EINMAL?!
DU KANNST DOCH IM HAUS KEINEN WRAITH BESCHWÖ-REN!

DZUM
KINDER.
IHR SEID …
… EIN WENIG ZU LEBHAFT.

MUTTERS ESSEN WIRD NOCH KALT.
J...
JA ...
BRR
TUT MIR LEID, VATER ...
UND KAI ...
BRR
BRR
BRR
WIR WERDEN VON HEUTE AN MEHR TRAINIEREN.
!

DIE ZEIT BIS ZUM SCHUL-BEGINN IST BEGRENZT.
GLOBB
ICH KANN DIR NUR BEIBRINGEN, WAS MEINE ERFAHRUNG IN DEN DUNKLEN KÜNSTEN HERGIBT, ...
... ABER AUCH DAS, WAS DU IN ZUKUNFT LERNST, WIRD DIR BESTIMMT NÜTZLICH SEIN.
UND DANN IST DA JA AUCH NOCH DEINE „VERANLAGUNG".
JA! VIELEN DANK!
DASS MEINE FAMILIE BEUN-RUHIGT IST UND SICH SORGEN MACHT, IST NUR NATÜRLICH.

VOR MIR LIEGT ...
... EIN ÜBERAUS DORNIGER WEG!
SO, IHR ZWEI! ES IST NOCH SUPPE DA!
WAS, WIR MÜSSEN NOCH MEHR DAVON ESSEN?!
ÄH ... JA ...
...

ICH ...
... BIN WIRKLICH GESEGNET.
WIR BEGINNEN MIT DER BEGRÜS-SUNG DURCH DIE VERTRETERIN DER NEUEN SCHÜLER.
ABER ...
DAS WORT HAT ...
... ICH BEZWEIFLE STARK, DASS ICH MICH AN DIESE WEISSE UNIFORM GEWÖHNE ...
WIE DAS BLENDET ...
... SHELFA KLAN ASTERIO.

ALS SCHÜLER DER HOLY EXPERT ...
... SOLLEN UNSERE HERZEN VON LIEBE, MUT UND MITGEFÜHL ERFÜLLT SEIN ...
!

TAPP
PRIN-
ZESSIN
SHELFA!

KAI!
ICH HABE DICH VORHIN VOM PODIUM AUS GESEHEN.
JA, DANK EURER FÜR-SPRACHE WURDE ICH ANGE-NOMMEN.
VIELEN DANK!
ACH, SCHON GUT.
AUF GUTE FREUNDSCHAFT, KAI.
DIE SCHULUNIFORM STEHT DIR SEHR GUT!

HM, ...
... ECHT?
MICH IRRITIERT, DASS SIE SO BLENDET ...
SIE BLENDET?
HOHEIT, WIR ...
ENT-SCHULDIGE, KAI. DIE REKTORIN MÖCHTE MICH SPRECHEN ...
ICH MUSS LOS.
AH, ...
... JA.
DU BIST IN DER ANFÄNGER-KLASSE, NICHT WAHR?
JA.
ICH BIN GESPANNT.
GLEICH HABEN WIR PRAXIS-UNTERRICHT.
JA, RICHTIG.
ICH BIN SICHER, MIT DEINEM KÖNNEN WIRST DU SCHON BALD EINE KLASSE AUFSTEIGEN.
DANKE, PRINZES-SIN.

REK-TORIN
DU MUSST AUFPASSEN, SHEL ...
JA, REKTORIN, ICH ÜBER-NEHME DIE VOLLE VERANT-WORTUNG ...
KAI ...
... WARUM UM HIMMELS WILLEN ...

UAAAAH!
GUOOOH!
HIAAAAH!
ZUCK
WAS IST DAS?
SCHREIE ?!
RAUN
DAS KOMMT VOM ÜBUNGS-PLATZ!
HAH ...
HAH ...

W...
WAS IST
...
... DENN
HIER NUR
PASSIERT?!
DZZ
AAAH
GUUUH
DZZ

DZZ
KAI!!!
DZZ

CHLOES GESICHT, ALS SIE ERFUHR, DASS SIE SCHON MIT DER BABYNAHRUNG GIFT VERABREICHT BEKOMMEN HAT.

UUUH
KAI!
ARGH
WAS ... HAT DAS HIER ZU BEDEUTEN?!
...
PRINZESSIN SHELFA ...

NA JA, ...
... ICH HAB MICH NUR LEICHT IN KAMPFBEREITSCHAFT BEGEBEN, DA IST ES EINFACH SO PASSIERT ...
DAS IST DOCH NICHT „NUR LEICHT"!
UUH
ARGH
WAS MUSS MAN TUN, UM SO ETWAS ANZURICHTEN?!
IST ES DAS ... WAS REKTORIN TANYA BEFÜRCHTET HAT?
EIN BLOODIA?

REKTORIN, ...
... HABEN SIE ...
... GERADE „BLOODIA“ GESAGT?
SO IST ES.
KAI STAMMT AUS DER FAMILIE BLOODIA ...
ÜBERDIES IST ER EIN DUNKLER RITTER, ...
... DER ÜBER EINE KRAFT DER HÖCHSTEN STUFE VERFÜGT.

Kapitel 3 Die Zweifel der Prinzessin

RASCHEL
SIEH DIR DAS HIER BITTE AN.
AUFGRUND SEINER EMPFEHLUNG DURCH DIE KÖNIGLICHE FAMILIE HABE ICH IHN ANGENOMMEN, ...
REKTORIN DER HOLY EXPERT TANYA RASTAL
DIESER ...
... NAME!
EINE BERÜHMTE FAMILIE DUNKLER MEISTER, DIE DAS KÖNIGREICH SEIT SEINER GRÜNDUNG AUS DEN SCHATTEN HERAUS UNTERSTÜTZT ...
KAI ... BLOODIA!

DA WÄRE ZUNÄCHST DER VATER, **ASH BLOODIA**, EIN DUNKLER RITTER, DEN MAN AUCH DEN „SCHWARZEN TODESENGEL“ NENNT. GEHT ES UM DIE JÜNGERE GESCHICHTE UNSERES LANDES, KÖNNEN SEINE HELDENTATEN AUF DEM SCHLACHTFELD NICHT UNERWÄHNT BLEIBEN.
SEINE MUTTER, **NOCHE BLOODIA**, IST EINE HEXENMEISTERIN, EXPERTIN FÜR GIFTFLÜCHE UND BESITZT MAGISCHE FERTIGKEITEN, DIE AUF DEM KONTINENT ABSOLUT EINZIGARTIG SIND.

SEINE GESAMTE FAMILIE BESTEHT AUS MEISTERN DER DUNKLEN KÜNSTE.
SIE SIND ALLESAMT MEISTER IHRER KLASSEN!
UND ÄHM ... KAI ...
WIE ICH SCHON SAGTE, ER IST EIN „DUNKLER RITTER“.
OBEN-DREIN ...
SEINE KLEINE SCHWESTER **CHLOE BLOODIA** IST EINE HOCHBEGABTE NEKROMANTIN. VOR ZWEI JAHREN SORGTE SIE FÜR AUFRUHR, WEIL SIE ALS ERST ZEHNJÄHRIGE EINEN WRAITH BESCHWOREN HAT.

... ÜBERTRIFFT ER IM HINBLICK AUF ERFOLGREICHE MISSIONEN UND ERSCHLAGENE MONSTER ...
... SOGAR SEINEN VATER, ALS DER IN SEINEM ALTER WAR. IN SEINER KLASSE IST ER DER STÄRKSTE IN DER GESAMTEN GESCHICHTE DES KÖNIGREICHS.
ER HÄTTE DAS ZEUG DAZU, DER STÄRKSTE DUNKLE RITTER DES LANDES ZU WERDEN.
DER ...
... STÄRKSTE ...
DIE ART UND WEISE, ...

DO DO
DO
... DIE EURE KUTSCHE ANGEGRIFFEN HABEN, BEWEIST SEINE BEISPIELLOSE PRÄZISION.
... WIE ER DIE COCATRICE VERNICHTET HAT, ...
ZUCK
ER HAT ES VERMIEDEN, DIE INNEREN ORGANE ZU VERLETZEN, DAMIT DAS GIFT, DAS IHREN VERSTEINERNDEN ATEM AUSLÖST, NICHT AUSLÄUFT.
ER HAT GEZIELT DIEJENIGEN ORGANE DER KEHLE DURCHTRENNT, DURCH DIE DER GIFTIGE ATEM AUSTRITT.

WAS ALSO WILL EIN ANGE-HÖRIGER DES DUNKLEN METIERS, ...
... EIN MITGLIED DER DUNK-LEN SEITE UNSERES LANDES, AN DIESER SCHULE?
ES IST DURCHAUS DENKBAR, DASS SEINE ANWESENHEIT EUCH IN GEFAHR BRINGEN KÖNNTE, PRINZESSIN.
WENN DAS GE-SCHIEHT ...
ABER ...
... KAI HAT MICH DOCH GERETTET!
DAS WEISS ICH SEHR WOHL.
DOCH UNGE-ACHTET SEINES CHARAKTERS ...
... IST ER EIN DUNKLER RITTER, EIN MANN DER SCHATTEN, ...
... UND IHR SEID EIN KIND DES LICHTS, DER KÖNIGLICHEN FAMILIE, PRINZESSIN SHELFA.

TOCK
ICH MACHE MIR GROSSE SORGEN, ...
... SHEL.
... WIE DEINE UMGEBUNG DIE SACHE AUFNEHMEN WIRD, ...
DA DU OHNEHIN SCHON IN EINER EXPONIERTEN POSITION BIST ...
...
AUF JEDEN FALL MUSST DU VOR IHM AUF DER HUT SEIN.
SOLLTE ES IRGENDWELCHE VORKOMMNISSE GEBEN, DANN LASST MICH BITTE ENTSPRECHEND DARAUF REAGIEREN.
JA ...

ALLE SCHÜLER DER KLASSE SIND IN EINEM KRITISCHEN ZUSTAND ...
KAIS FÄHIGKEITEN ALS DUNKLER RITTER, SO SEHEN SIE ALSO AUS!
EGAL!
DAS IST NICHT DER ZEITPUNKT, MIR DARÜBER GEDANKEN ZU MACHEN!
ICH MUSS IHNEN HELFEN!
SST
KON- ZENTRIER DICH ...
POFF

OH BARMHERZIGKEIT, ...
... MÖGE DEIN HEILIGES LICHT ...
BWUSCH
... DIESE MENSCHEN ...
... VON ALLEM UNHEIL REINIGEN!
HEILIGER ZAUBER ...
... „MERCY"!
SHAAAAA

FSH
SHAAA
G...
GE-
SCHAFFT!
JETZT RUFE ICH NOCH JEMANDEN UND ...
HOHEIT!
BI
TSCH
LASST MICH BITTE HELFEN, SIE WEGZU-TRAGEN!
!

...
SCHON IN ORDNUNG.
FÜR DICH GIBT ES HIER NICHTS ZU TUN.
VIELEN DANK!
DEN REST MACHEN WIR.
ICH DANKE IHNEN.
HEUTE ABEND GEHT ES IHNEN SICHER SCHON BESSER.
ABER NUR DANK EURER SCHNELLEN HILFE, HOHEIT.
SO ETWAS IST NOCH NIE ZUVOR PASSIERT.
WIR HÖRTEN, ES WAR EIN SCHÜLER, DER DIE DUNKLEN KÜNSTE BE-HERRSCHT ...

BITTE SEHT EUCH VOR.
JA ...
ALSO ...
FSHAAAAAAAA
ZUM GLÜCK WURDE NIEMAND ERNST-HAFT VERLETZT, ...
... ABER ...
KAI ...
WAS WILLST DU HIER BEI UNS?
PLSCH

BEI DEM ANGRIFF AUF DIE KUTSCHE HAT ER SICH SELBST IN GEFAHR GEBRACHT, ...
... ER HAT ALLES RISKIERT, NUR UM MICH ZU RETTEN ...
DENNOCH ...
VIELLEICHT HABE ICH IHN FALSCH EINGE-SCHÄTZT.
HÄ?

SWUSCH
BATSCH
K...
KAI, ...
... WAS ...
... MACHST DU DA?

ICH ÜBE.
FSHAA
WAS?!
BEI DEM REGEN?! WIE LANGE MACHT ER DAS SCHON?
?
ICH ... WOLLTE MICH EIN BISSCHEN ABKÜHLEN.

GANK
ICH HABE GROSSEN ÄRGER VERURSACHT.
NICHT NUR EUCH, SONDERN AUCH DEN ANDEREN ...
ES TUT MIR SEHR LEID!
FSHAAAAA
...
WARUM ...
GNN
WAS ...
... SOLL DAS ...
?

WAS IST BLOSS LOS MIT DIR?!
WAS SOLL DAS?!
WER BIST DU?!
HOHEIT? WAS IST DENN AUF EINMAL ...
ERST RETTEST DU MICH!
DANN SAGST DU, DU WILLST AUF DIESE SCHULE GEHEN!
ICH VERSTEHE DAS NICHT!

DABEI BIST DU EIN BLOODIA!
EIN KAMPF-ERPROBTER DUNKLER RITTER!
DU WIRKST ... EHRLICH UND STRENG MIT DIR SELBST!
ICH GLAUBE NICHT, DASS DU JEMANDEM INS GESICHT LÜGEN KÖNNTEST!
ICH ...
ICH ... ICH ...
PLTSCH
... VERSTEHE DICH EINFACH NICHT!
ICH VERSTEHE DICH ÜBERHAUPT NICHT!!!
WAHH

...
WIESO?
WIESO WILLST DU AUF DIESE SCHULE GEHEN?
UM EIN ROYAL PALADIN ...
... ZU WERDEN.
WAS?
IST DAS ... DEIN ERNST?
DAS SIND DIE BESTEN DER BESTEN!
ABER EIN DUNKLER RITTER IST NICHT MAL EINE HEILIGE KLASSE!

WIE WILLST DU DENN EIN ROYAL PALADIN WERDEN?!
HAH
HAH
...
IST ES DENN WIRKLICH UNDENKBAR, ...
... DASS EIN DUNKLER RITTER EIN ROYAL PALADIN WIRD?
NATÜRLICH IST ES DAS, WIE KOMMST DU DARAUF?!
MEINE GÜTE!

NA GUT!
DANN LOHNT ES SICH ERST RECHT, ...
... ES WENIGSTENS EINMAL ZU VERSUCHEN!
HA...
ICH WEISS, DAS GAB ES NOCH NIE, ...
... ABER DANN WERDE ICH EBEN DER ERSTE SEIN.

DER ERSTE DUNKLE RITTER, DER EIN ROYAL PALADIN WIRD!
ICH WERDE DIR UND DER GANZEN SCHULE BEWEISEN, ...
... DASS DU DICH MIT DEINER EINSCHÄTZUNG NICHT IN MIR GETÄUSCHT HAST!

FH04
ICH SCHWÖRE, ...
... DASS ICH ES SCHAFFE, EIN ROYAL PALADIN ZU WERDEN!
WAS ...
WAS IST ES NUR, DAS DIESEN MENSCHEN SO ANTREIBT?

NEIN ...
DIESER KERL, ...
... KAI, IST ...
... EIN GROSSES KIND.

ER IST OFFEN ...
... UND EHRLICH ...
PRINZESSIN?
HABE ICH ETWA ...
... WAS KOMISCHES GESAGT?
REDET IHR JETZT NICHT MEHR MIT MIR?
ER IST ARGLOS UND ...
... KENNT KEINE FURCHT ...
KAI ...
FWIP
!
MACH DIR BITTE BEWUSST, WIE GROSS DER KRÄFTEUNTERSCHIED ZWISCHEN DIR UND DEN ANDEREN IST!
MORGEN GEHST DU ZU DEINEN KLASSENKAMERADEN UND ENTSCHULDIGST DICH!

UH ...
JA!
UND NOCH WAS ...
ICH DACHTE, ICH HÄTTE DICH GEBETEN, MICH SHEL ZU NENNEN, WAR ES NICHT SO?
G... GLAUB SCHON ...
IN ORD-NUNG ...
...
SH... SHEL ...
...
NOCH MAL!
SHEL?
NOCH MAL!
SHEL!

HI HI HI!
SCHÖN. SEHR GUT!
FLAPP
ES ...
... HAT AUFGEHÖRT ZU REGNEN.

KEINE AHNUNG, OB DIESER DUNKLE RITTER WIRKLICH EIN ROYAL PALADIN WERDEN KANN.
ABER ...
... ICH WILL ...
... AUF JEDEN FALL DABEI ZU-SEHEN, WIE ER ES VERSUCHT.
ICH ...
... WILL SEHEN, WIE WEIT SEIN WEG IHN WIRKLICH BRINGEN WIRD!

NANU?
ES IST JA IN ORDNUNG, DASS DU DICH SO INS ZEUG LEGST, ...
... ABER WIE WÄRE ES, WENN DU ETWAS BESSER AUF DICH ACHT GIBST?!
DEINE HAUT SCHÄLT SICH AB!
ACH, MIT ENTSCHLOSSENHEIT ...
DAVON HEILT SIE NICHT!
FU
WAH
HEILIGER ZAUBER ....
... „CURE“!
AGH!
ZUCK

WAS?
TUT ES IMMER NOCH WEH?
GUT, ...
... DANN NOCH MAL ...
„CURE"!
GNNNH!
OH!
HÄ?!
DAS IST JA SELTSAM ...
DANN VERSUCHE ICH JETZT MEINEN STÄRKSTEN ZAUBER ...
OH BARMHERZIGKEIT, ...
... MÖGE DEIN HEILIGES LICHT ...
... MEINEM LANDSMANN LINDERUNG BRINGEN.

ALSO GUT ...
ICH STELLE MICH!
SHING
SHING
HM?
ICH BESITZE EINE SEHR AUSGEPRÄGTE „DUNKLE KONSTITUTION" ...
HEILIGE ZAUBER WIRKEN BEI MIR NICHT, ODER GENAUER GE-SAGT, BEWIRKEN SIE BEI MIR ...
... DAS GENAUE GEGENTEIL.
HÄ?
POFF
WAAAAAS?!

ABER ...
ABER DANN VERLETZT MEIN ZAUBER DICH JA!
SHAA AA A A
W... WARTE, ...
... ICH KANN IHN NICHT MEHR AUF...
HEILIGER ZAUBER ...
„CURE EMBRACE"!
BZZZRRNNZZ
GUAAA-AAAAH!!!

KH!
UH ...
FWUMP
KAI!
ES ...
ES TUT MIR SO LEID!
AAAH!
DAS WOLLTE ICH NICHT ...
ST
IST SCHON OKAY, SHEL!
DU BIST BESTIMMT IMMER NOCH WÜTEND AUF MICH, ODER?!
?!
FSHSH
NA LOS! GIB'S MIR NOCH MAL!
A... AUF GAR KEINEN FALL!
LASS ES RAUS!
DU IRRST DICH!

DAS WEGEN VORHIN TUT MIR LEID, KAI ...
WAS DENN?
?

DIE PRINZESSIN HAT DIE SCHULE ALSO UNVERSEHRT ERREICHT.
Kapitel 4 Der neue Lehrer
NIEMAND IST BEIM ÜBERFALL DER COCA-TRICE ...
... ZU SCHADEN GEKOMMEN.
ES LIEF NICHT GANZ NACH PLAN ...
ZUCK
KZZING
DER „GRUND“ FÜR DAS SCHEITERN DES PLANS IST JETZT AUCH AN DER SCHULE, RICHTIG?
WENN IHR NICHT SORG-FÄLTIGER VORGEHT ... GIBT ES VIELLEICHT KEINE WEITE-RE CHANCE MEHR.
JA!

ABER GUT, DA ICH EIN NEUES SPIEL-ZEUG BEKOM-MEN HABE, ...
... BESTEHT KEIN GRUND ZUR EILE.
BZZI NG
SHELFA KLAN ASTERIO ...
... WIRD STERBEN!
SO VIEL STEHT FEST.

HE!
WAS MACHST DU DA AUF DIESEM PLATZ?!
VERZIEH DICH, ABER ZACKIG!
WARUM DENN?
DAS HIER IST DOCH DIE KLASSE FÜR FORTGE-SCHRITTENE, ODER?
AUF TYPEN WIE DICH KÖNNEN WIR HIER VER-ZICHTEN, ...
... DU ANGEBER!
ER IST EIN DUNKLER RITTER, ODER? ICH HABE GEHÖRT, ER STAMMT AUS DER BERÜCH-TIGTEN FAMILIE BLOODIA!

WAS?
ER IST EIN BLOODIA?!
WAS WILL DER DENN AN DER HOLY EXPERT?
DER MUSS SICH IN DIE FORTGESCHRITTENEN-KLASSE GEMOGELT HABEN.
GRUSELIG ...
...
FWIP
WIE DEM AUCH SEI!
AUF DEM PLATZ DA SITZT LADY MILIA!
SIE IST EINE ERHABENE PERSON, EINER WIE DU DARF NICHT MAL IN IHRE NÄHE!
MILIA?

TACK
WAH, LADY MILIA!
DIESE GRAZIE, UMWERFEND!
DAS INBILD EINER PALADIN!
SIE KOMMT JA AUCH AUS EINEM DER „DREI HEILIGEN HÄUSER“!
MBL
MBL
WIE GEHT'S, ...
... LEUTE?
ざわ
AH!
ZUCK
LA...
LADY MILIA!
WAS HABT IHR DENN?

NANU!
MEIN PLATZ ...
ÄHM!
ES IST SO, LADY MILIA ...
AH ...

ÄLTESTE TOCHTER DER FAMILIE SOREL, EINE DER DREI HEILIGEN FAMILIEN
PALADIN
MILIA SOREL
HMM ...
...
Y
MI,..
MILIA
...
WAH!
MM
BLA

HALLÖCHEN, ...
STRAHL
... KAI!
LANGE NICHT GESEHEN!
HÄ?
SIE KENNT IHN?!
DANN BIST DU ALSO DIE MILIA, VON DER ALLE REDEN.
IST BESTIMMT SECHS MONATE HER, ODER?
WAS?
RAUN
SO VER-TRAU-LICH?!
DU HAST DICH ALSO WIRKLICH HIER EINGE-SCHRIEBEN!
JUP.

ICH FIND'S TOLL, DASS WIR VON JETZT AB ZUSAMMEN LERNEN!
WENN DU MAL WAS NICHT WEISST, FRAG MICH JEDERZEIT!
DAS IST NETT!
MO...
MO... MO... MO... MOMENT!
ÄHM ... LADY MILIA?!
IN WELCHER BEZIEHUNG STEHT IHR ZU DIESER ÄHM ... PERSON?
KAIS UND MEINE FAMILIE KENNEN SICH SCHON SEIT EWIGKEITEN!
WIR SIND SOZUSAGEN SANDKASTEN-FREUNDE!

H...
RAUN
HÄÄÄÄÄÄ?!
MILIA, IHR SEID ... ALSO EURE FAMILIE UND DER DA?!
DIE SOREL UND DIE BLOODIA SOLLEN ETWA TATSÄCHLICH ...
... MITEINANDER BEFREUNDET SEIN?!
„DER DA“?
DU IDIOT!
!
KLACK
NANU?

WAS IST DENN LOS? WARUM SIND ALLE SO AUFGE-REGT?
I...
IHRE HOHEIT!
PRINZESSIN SHELFA IST DA!
ÄHM ...
EIN NEUER SCHÜLER IST IN DER KLASSE, DESHALB GAB ES ETWAS UNRUHE ...
AH!
HÄ?
SITZT IHR DENN NICHT VORNE, HOHEIT?
TOCK
DU BIST ALSO SCHON DA, KAI!
JA!
GUTEN MORGEN, SHEL.

ÄHM ... EURE HOHEIT?
KENNT IHR DIESEN ...
ICH BIN KAIS VORMUND.
ER IST EIN WENIG SPEZIELL, ABER ... BITTE SEID NETT ZU IHM.
HÄÄÄÄÄÄÄ?!
... SEIN VORMUND?!
VORMUND FÜR EINEN DER DUNKLEN KLASSE?!
RA
UW
IHR SEID ...
WER IST DIESER KERL?!
SIE GEHÖRT ZUR KÖNIGLICHEN FAMILIE DES HEILIGEN LANDES!
PRINZESSIN SHELFA!

ICH BIN MILIA AUS DEM HAUSE SOREL.
BITTE VERZEIHT, DASS ICH MICH NOCH NICHT VORGESTELLT HABE.
WIR SIND UNS BEI HOFE EIN PAARMAL BEGEGNET, NICHT WAHR?
ICH DANKE DER FAMILIE SOREL IM NAMEN DES KÖNIGS FÜR IHRE UNVERBRÜCHLICHE TREUE SEIT VIELEN GENERATIONEN.
ZU VIEL DER EHRE.
HUCH, ...
... DER UNTERRICHT BEGINNT GLEICH! IHR SOLLTET AN EUREN PLATZ ...
JA, ...
... RICHTIG!
HOCK

WARUM SETZT DU DICH NEBEN MICH?
ALSO, ERSTENS IST DAS EIGENTLICH MEIN PLATZ. UND ZWEITENS HAST DU NOCH KEINE BÜCHER, ODER?
ICH LASS DICH REIN-GUCKEN.
...
HIBBEL
ÄHM ... IHR BEIDE KENNT EUCH?
JA!
MAN MAG ES KAUM GLAUBEN, ABER WIR SIND SANDKASTEN-FREUNDE!
PAT
PAT

…
ER IST SO WAS WIE EIN NERVIGER KLEINER BRUDER …
AH, …
… SO IST DAS!
HEUTE IST ERST DER DRITTE TAG, DESHALB FAHREN WIR MIT DEN GRUNDLAGEN FORT.
AHA?
GESTERN SIND WIR BIS HIER GEKOM-MEN.
TIP TIP TIP TIP TIP TIP TIP
LIES DIR ALLES GUT DURCH, JA?
DU HATTEST JA IMMER SCHON NUR KÄMPFEN IM KOPF!
MH!
…
SMP
SH…
SHEL?

NANU?
ICH ...
... FÜHLE ICH MICH AUF EINMAL SO BEDRÜCKT ...
HE, KAI!
WENN DU MIT REINSCHAUEN WILLST, MUSST DU SCHON NÄHER RANRÜCKEN.
WOBB
MH ...
...
WUPP
K... KAI?

GNN
I...
ICH BIN DEIN VORMUND!
WENN DU ETWAS WISSEN MÖCHTEST, FRAG RUHIG!
DU KANNST DOCH AUCH IN MEIN BUCH SCHAUEN!
GNN
ENG ...
WOP
WOP
GUT, ALLE AUF EURE PLÄTZE!
HEUTE GEHT ES UM ...
!
WAS IST DENN LOS?
G R R R R R R R
ICH SPÜRE SO EINE UNGE-WOHNT AGGRES-SIVE AURA HIER DRIN!

ENDLICH WIEDER ZU HAUSE!
WAS FÜR EIN SELTSAMER TAG.
BIN ICH KAPUTT ...

MAMA UND CHLOE SIND UNTEN ...
VATER IST NOCH NICHT WIEDER ZU HAUSE.
ICH SPÜRE DIE AURA EINER PERSON ...
!
DER EINDRINGLING KAM ALSO DURCHS FENSTER!
BLAMM

UWAH!
HAST DU MICH ERSCHRECKT!
TADAAAAA
WAS SOLL DENN DAS?
MILIA ...
HAAA ...
„WAS SOLL DAS“ MÜSSTE ICH DICH FRAGEN!
WIESO ZERSCHLÄGST DU DAS FENSTER UND STEIGST BEI MIR EIN?!
NERV NICHT!
REDET MAN SO MIT DER HÜBSCHEN PALADIN MILIA, DIE EXTRA GEKOMMEN IST, NUR UM DICH ZU BESUCHEN?

DAS EIGENTLICHE PROBLEM IST JA WOHL AUSSERDEM DAS FENSTER! WENN ICH AUF DEM DIREKTEN WEG ZU DIR KOMME, GEHT ES NATÜRLICH KAPUTT.
LOGISCH!
BLOODIA
SOREL
ICH WILL DAMIT SAGEN, NIMM GEFÄLLIGST DIE TÜR ...
IN DER SCHULE SPIELST DU DIE UNSCHULD VON LANDE, JA?
NATÜRLICH! SCHLIESSLICH BIN ICH EINE SOREL!
ERWAR-TUNGEN UND SO!
DER NAME DER FAMILIE!
ICH HAB JA EINIGES ZU TRAGEN!
WENN DU DEN ANDEREN ODER DER PRINZESSIN WAS ERZÄHLST, SPIESS ICH DICH AUF, KAPIERT?
HATTE ICH NICHT VOR ...
AH!
PRIN-ZESSIN, DAS ERINNERT MICH AN WAS!

WA HA WA HA HA HA!
HAST DU DIE PRINZESSIN HEUTE MORGEN GESEHEN?! HAST DU'S GESEHEN?!
SIE IST JA GERADEZU ZICKIG GEWORDEN! SO SÜSS!
HA HA!
TJA, SOGAR MITGLIEDER DER KÖNIGSFAMILIE SIND AM ENDE EBEN AUCH NUR MENSCHEN!
SETZ DICH MAL ORDENTLICH HIN! DAS IST UNANSTÄNDIG!
HÄÄÄÄ?
ALS OB DU DICH FÜR MEINE UNTERWÄSCHE INTERESSIEREN WÜRDEST!
ZUPP ZUPP
GENAU, TU ICH AUCH NICHT.
NULL.
IRGENDWIE ÄRGERT MICH DAS JETZT.
PFF!

!
DU HAST …
… NOCH MEHR NARBEN.
MH.
ÜBER-NIMMST DU IMMER NOCH ABWEHR-MISSIONEN?
JA.
ICH WILL NICHT, DASS MEIN GESPÜR FÜR DAS SCHLACHTFELD NACHLÄSST.
ALSO ECHT!
WIE STARK WILLST DU DENN NOCH WERDEN?

TUP
DU WÄRST SCHON EIN PAARMAL FAST DRAUF-GEGANGEN ...
DAS ...
SSK
... IST EINE NEUE NARBE!
ZUCK
ZUCK
DIESE GROSSE HIER KENNE ICH AUCH NOCH NICHT!
AUA!
HEY!
WA
HE, ...
... LASS DAS, MILIA!
HE
HE
HE
HE
HMM ...

UND WAS IST HIERMIT?
GH!
UND DAMIT?
HÖR A...!
LANGSAM MACHT'S MIR SPASS!
O HO HO HO HO! ♡
VERD...!
KLA
CK
KAI, ...
... DU SOLLST ZUM ESSEN ...
... KOMM...

WAS TREIBST DU DENN DA MIT MEINEM BRUDER, DU BÖSARTIGES MIST-STÜCK?!
WAAAAAAAH!!!
ACH, CHLOE! ♡
DU BIST IMMER NOCH SO DROLLIG!
PROVOZIER SIE NICHT NOCH, MILIA!
CHLOE! ICH HAB DOCH GESAGT, DU SOLLST IM HAUS KEINEN WRAITH BESCHWÖREN!

FWIT
ACH, ÜBRIGENS, GIBST DU IMMER NOCH DEM FOTO DEINES BRUDERS EINEN GUTE-NACHT...
STIRB!!!
ACH, WARUM NICHT? ICH STELLE MICH GERNE ZUR VERFÜGUNG!
FWIT
AWAAAAH!
HMM.
LASST BITTE MEIN ZIMMER STEHEN.
IHR ZWEI HABT EUCH RICHTIG LIEB, WAS?
WIE BITTE ?!
CHLOE

VIELEN DANK FÜR DIE EINLADUNG ZUM ABENDESSEN ...
ACH WAS, KEINE URSACHE, MILLI! ♪
ABER WENN ICH GEWUSST HÄTTE, DASS DU KOMMST, HÄTTE ICH EIN ETWAS PRÄCHTIGERES ESSEN VORBEREITET ...
TUT MIR LEID!
WARUM SITZT SIE WIE SELBSTVERSTÄNDLICH NEBEN KAI?
UM HIMMELS WILLEN! ICH HABE EUCH JA SCHLIESSLICH UNANGEKÜNDIGT BESUCHT!
DEIN ESSEN IST WIE IMMER KÖSTLICH, TANTE NOCHE ...
ACH, DAS FREUT MICH ABER! ♪
MÖCHTEST DU AUCH SUPPE? ICH HABE NATÜRLICH EIN GEGENGIFT DA. ♪
AH, NEIN DANKE, AUF DIE SUPPE WÜRDE ICH ...
ISS SIE!

KLACK
ÜBRIGENS, ...
... MILIA ...
WIE MACHT SICH DENN KAI?
HI HI, ER IST JA GERADE ERST AN DIE SCHULE GEKOMMEN.
UND DER PRAKTISCHE UNTERRICHT IN DER FORT-GESCHRITTENEN-KLASSE BEGINNT AUCH ERST MORGEN.
WIE SIE RUMSÄUSELT, ÄRKS!
ICH DENKE, DANN WIRD MAN ES SEHEN.
HMM.

ICH HÖRE, DASS AN DER HOLY EXPERT AUCH DAS KOLLEGIUM AUS LAUTER ELITELEHRERN BESTEHT.
FÜR KAI WIRD ES DORT EINE MENGE ZU LERNEN GEBEN.
ENT-SCHULDI-GE, MILIA, ...
... ABER BITTE HAB EIN AUGE AUF IHN.
ABER SICHER, DU KANNST AUF MICH ZÄHLEN, ONKEL ASH!
DU BIST JA IMMERHIN FAST SCHON SO WAS WIE KAIS GROSSE SCHWESTER, NICHT WAHR, MILLI?
DAS IST SEHR BERUHI-GEND.
BLAMM
HÄ?
DAS IST NICHT WAHR! MICH FRAGT MAL WIEDER KEINER!

ABER CHLOE! VIELLEICHT BIN ICH JA IRGENDWANN MAL AUCH DEINE „GROSSE SCHWESTER“!
GANZ! SICHER! NICHT!
ABER ... DER PRAKTISCHE UNTERRICHT ...
WAS?!
IST ES WEGEN DER SACHE, DIE IN DER ANFÄNGERKLASSE PASSIERT IST?
NA JA ... SCHON.
KEINE ANGST! DESWEGEN BIST DU JA JETZT BEI DEN FORTGESCHRITTENEN!
FALLS DU ZUR GEFAHR WIRST, ERSTECHE ICH DICH EBEN.
I... ICH ZÄHL AUF DICH.
LASS DIE FINGER VON KAI!
WIE DEIN VATER BEREITS SAGTE, ...
... SIND AUCH UNSERE LEHRER ALLE ERFAHRENE ANGEHÖRIGE DER HEILIGEN KLASSEN.
VOR ALLEM DER NEUE LEHRER FÜR PRAXISUNTERRICHT HAT EINEN SEHR GUTEN RUF.
DER PALADIN FLINT JETTER.
FÜR EINEN LEHRER IST ER NOCH SEHR JUNG, ABER ANSCHEINEND IST ER SEHR FÄHIG.

ES IST NUR ...
... SELTSAM, DASS NIEMAND WEISS, WAS ER VORHER GEMACHT HAT ...
ABER ER KOMMT AUF PERSÖNLICHE EMPFEHLUNG EINES ADLIGEN, WIRD ALSO SCHON ALLES IN ORDNUNG SEIN.
AHA ...
SO, GENUG GESCHWATZT!
JETZT WIRD GEGESSEN! ♪
AH! JA!
ALSO, ...
... WIE ES AUSSIEHT, SIND ALLE VERSAMMELT!

ZUNÄCHST MAL MÖCHTE ICH MICH VORSTELLEN!
ICH BIN FLINT JETTER UND VON HEUTE AN FÜR DEN PRAKTISCHEN UNTERRICHT VERANTWORTLICH.
FREUT MICH!
ER SCHEINT NETT ZU SEIN.
EIN GLÜCK!
DER IST HEISS, ODER?
ALS LEHRER BIN ICH GENAUSO EIN ANFÄNGER WIE IHR, ...
... WIR HABEN ALSO ALLE GEMEINSAM NOCH VIEL ZU LERNEN!

...
ZRAT
GUT! AUFSTELLEN!
TOCK
ICH FREUE MICH SEHR AUF EINE ...
... EREIGNISREICHE ZEIT MIT EUCH AN DIESER SCHULE!

WILLST DU NOCH SUPPE, MILLI?
ÖRKS ... ARKS ...
UNGH!
ERINNERUNG AN VERGANGENE TAGE

DARK PALADIN

Kapitel 5 Die Lehre des Meisters

GREAT!
IN IHRER HEILIGEN KRAFT LIEGT EBENSO VIEL STÄRKE WIE SANFTMUT! IHRE ENTSCHLOSSENHEIT IST GERADEZU KÖRPERLICH SPÜRBAR, MISS SOREL!
WONDERFUL, EVERYONE!

EXCELLENT!
DIESES SANFTE, ANMUTIGE LEUCHTEN! DIE HEILIGE KRAFT SPRUDELT WIE AUS EINER QUELLE HERVOR, MISS ASTERIO!
DER ELEMENTARE HEILIGE ZAUBER „BREATH“ IST DIE BASIS FÜR ALLES WEITERE!
LERNT, IHN VOLL-KOMMEN ZU BEHERR-SCHEN, ...
... UND ERHÖHT DAMIT EURE HEILIGE KRAFT!

WAS DICH ANGEHT …
ZA
UOOOOOOOH!!!
HEILIGER ZAUBER …
… „BREATH“ !!!
SH
KR
KO
OO
M
…
BLOB
BLOB
G
RO
Oo
OOOH

W... WAS IST DAS?!
DAS STINKT!
PLAPPER
OÄÄÄH ...
DAS WAR KNAPP!
ÄRCKS! ICH WÄRE FAST REINGETRETEN!
WAS IST DAS FÜR EINE FARBE?!
HERR LEHRER ... WAS ...
DAS IST DER DUNKLE ZAUBER ...
BAD SMELL!
... „POISON“.
GIFT!
KAI, DU ...
HMM ...
WAS MACH ICH BLOSS FALSCH?

SHEL!
WAS SOLL ICH DENN BLOSS MACHEN?
HEILIGE ZAUBER SIND FÜR MICH AN-SCHEINEND SCHWIERIG ...
...

WARUM SIEHST DU SO ERFREUT AUS?
BDM
HÄ?!
ICH BIN DOCH GAR NICHT ERFREUT!
ER FRAGT MICH UM RAT!
ÄHM ... MAL ÜBER-LEGEN!
SOLLEN WIR VIELLEICHT NACH DER SCHULE ZU-SAMMEN ÜBEN? ICH DENKE, ICH KANN DIR EIN BISSCHEN WAS BEIBRINGEN ...
DAS WÄRE TOTAL NETT!
ABER ...
... WENN ICH WIEDER DUNKLE ZAUBER FABRIZIERE, KÖNNTE DAS DIE ANDEREN BELÄSTIGEN ...
KAI LERNT DAZU!
IN DEM FALL ...
... IST ES VIELLEICHT DAS BESTE, EINEN FACHLEHRER ZU FRAGEN?
ES TUT MIR SEHR LEID, WO DU MICH DOCH UM RAT GEFRAGT HAST ...

WIE WÄRE ES MIT MEISTER FLINT?
BITTE IHN DOCH, DICH AN SEINER ERFAHRUNG ALS PALADIN TEILHABEN ZU LASSEN.
MEISTER FLINT? STIMMT, DAS IST EINE GUTE IDEE!
DIE EIGENEN STÄRKEN GEWINNBRINGEND EINSETZEN UND SICH GEGENSEITIG UNTERSTÜTZEN, ...
... DAS NENNT MAN „EIN TEAM BILDEN“!
WAS EIN EINZELNER LEISTEN KANN, IST BEGRENZT.
ES KANN PASSIEREN, DASS ES EUCH ERWISCHT.
ICH ERKLÄRE ES EUCH AN EINEM BEISPIEL.

GE-NAU!
ER ERKLÄRT IMMER ALLES SO, DASS ES SOGAR FÜR MICH LEICHT ZU VERSTEHEN IST.
DANKE, SHEL! ICH FRAGE IHN GLEICH MAL UM RAT!
JA, TU DAS!
ICH KANN DICH JA NOCH ZU IHM BEGLEITEN ...
?!
PFF, DANN HALT NICHT ...
MEISTER FLINT!

VERSTEHE …
HMM, …
… ES IST NUR EINE VERMUTUNG, …
… ABER VIELLEICHT SOLLTEST DU ALS ERSTES DEIN BEWUSSTSEIN VERÄNDERN.
MEIN … BEWUSSTSEIN?
DU BIST DURCH UND DURCH EIN DUNKLER RITTER.
KAI, …
… WAS MACHT EINEN DUNKLEN RITTER AUS?

ER ...
... SCHALTET SEINE FEINDE UNFEHLBAR AUS, WIE EINE ...
... „KLINGE“.
RICHTIG.
UND WAS ...
... KENNZEICHNET EINEN PALADIN?
WAS DENKST DU?
ER IST ...
... WIE EIN SCHILD ...
... VIELLEICHT?
GANZ GENAU.
„PALADIN“ BEDEUTET „STARKE VERTEIDIGUNG“, MIT ANDEREN WORTEN: „SCHILD“.

ABER ... WENN MAN NUR VER-TEIDIGT, KANN MAN DEN FEIND NICHT BESIEGEN!
ICH BIN DER MEINUNG, DASS ANGRIFF DIE BESTE VERTEIDI-GUNG IST.
HE HE ...
DAS IST GAR NICHT SO FALSCH.
ABER DA LIEGT VIELLEICHT DER HASE IM PFEFFER, KAI.
MÖGLICHER-WEISE HAST DU VORURTEI-LE GEGENÜBER SCHILDEN.
ALSO SCHÖN!
KLACK

GREIF MICH AN!
MIT, SAGEN WIR, DREISSIG PROZENT DEINER KRAFT.
SIND SIE SICHER?
ICH ...
... BIN NICHT BESONDERS GUT DARIN, MEINE KRAFT ZU DOSIEREN.
NUR ZU. ABER SEI SANFT MIT MIR!
KZING

DOSCH
KA
ER ...
KRING
... WEHRT MEINE ANGRIFFE AB? ODER NEIN ...
BLAM
?!

BA
BA
BA
BA
BA
ER LÄSST SIE INS LEERE LAUFEN!
BA
BAM
DAS ...
... NENNT MAN ...
... „PARIEREN"!
UND ...
ZAMP

SWU
SH
ZRR
RRRT
... DAS ...
... NENNT MAN „SHIELD BASH“, DEN SCHILD-SCHLAG.
GUT, ...
... ICH BIN DRAN!

UGH!
KZZING
DURCH DEN SCHILD ...
... KANN ICH DIE BAHN DES DEGENS NICHT LESEN!

DANN ...
HFFF!
... MUSS ICH IHM EBEN ...
... EINE FLEISCH-WUNDE ZUFÜGEN!
OOO-OOOH!!!
HO!

ABER ...
SWWN
WACK
FRRR RRT

UOOOH!
HOPP
DAPP
...
DA ERKENNT MAN DEN MEISTER!
HÄTTE ICH NACHGESETZT, WÄRE ICH SCHWER GETROFFEN WORDEN!
HNF
DAS HAST DU GUT ERKANNT!

WÜRDE MAN EINEN DUNKLEN RITTER DURCH EINE FORM DARSTELLEN, ...
... DANN WÄRE ER EINE GERADE LINIE.
WIRD ER IM MAXIMAL GESTRECKTEN ZUSTAND VON DER SEITE ANGEGRIFFEN, IST ER VERWUNDBAR.
ALSO, GREIF NOCH EINMAL AN.
GUT!
UND DANN ...
TAPP
... PASSIERT DAS!
SIE HABEN VÖLLIG RECHT.

WENN MAN NUN EINEN PALADIN DURCH EINE FORM DARSTELLT, ...
... WAS WÄRE DAS WOHL?
EIN KUBUS ...
... ODER EINE KUGEL.
HERVORRAGEND!
NJE HE
BEI DER VERTEIDIGUNG ...
... IST ER EIN KUBUS.
DU HAST ES BIS ZU EINEM GEWISSEN GRAD SCHON BEGRIFFEN!
BEIM PARIEREN ...
... EINE KUGEL.
EINE FORM, DURCH DIE MAN DIE KRAFT VERTEILT.

SO ODER SO ...
... HAT MAN BEI EINEM PALADIN DIE VORSTELLUNG EINES KÖRPERS MIT VOLUMEN.
EIN HEILIGER ZAUBER IST DASSELBE.
EIN KÖRPER, DER MENSCHEN UMHÜLLT UND BESCHÜTZT.
WENN DU ES DIR SO VORSTELLST, IST ES LEICHTER ZU BEGREIFEN, ODER?
DUNKLE KRAFT VERBINDET MAN MIT „WEGNEHMEN“ ODER „OPFERN“.
AUF DIE ART SOLLTEST DU HEILIGE ZAUBER NICHT VERWENDEN.
SCHILDE UND HEILIGE ZAUBER SIND NICHT DEIN FACHGEBIET, ...
... ABER DU SOLLTEST SIE VORERST INTENSIV TRAINIEREN.
JA!

ZACK
VIELEN DANK FÜR IHRE UNTERWEISUNG!
HMM ...
KAI!
IM VERTRAUEN AUF DEIN KÖNNEN HÄTTE ICH EINE BITTE.
ES IST SO, DASS ICH MICH AUCH MIT SAMURAI-TECHNIKEN BESCHÄFTIGT HABE.
ICH WÜRDE GERNE TESTEN, WIE WEIT ICH MIT MEINEN FÄHIGKEITEN BEI DIR KOMME. IN ORDNUNG FÜR DICH?
!
WENN SIE MÖCHTEN, SEHR GERNE!

DANKE, KAI!
ALSO ...
PLING

HSS
?!
ER IST
WEG ...?!

ICH BIN ...
... BESIEGT ...
PUH ...
SEI MIR NICHT BÖSE!
AHA
HA
HA
HA
ICH HABE TATSÄCHLICH RICHTIG ERNST GEMACHT!
DU WARST NOCH IM SCHEINGEFECHT-MODUS UND ICH HABE DAS AUSGENUTZT.

M...
MEISTER FLINT! WAS WAR DAS GERADE?!
DAS WAR DIE SAMURAI-FORTBEWEGUNGS-TECHNIK „SHUKUCHI“ ...
... UND DIE TECHNIK „SWORD DRAW“.
HAST DU SIE ZUM ERSTEN MAL GESEHEN?
IRRE ... ICH HABE ...
... NICHTS GESEHEN ...
IST DAS SO?
DAS BEDEUTET DANN WOHL, DASS ICH MIR ALLMÄHLICH AUCH DIE SAMURAI-TECHNIKEN EIN WENIG ANGEEIGNET HABE.
DANKE!
DAS GIBT MIR SELBSTVERTRAUEN!

KEINE URSACHE! ICH HABE ZU DANKEN!
HI HI!
ES IST MIR EINE EHRE, WENN DIESE ERFAHRUNG DIR IRGENDWIE NÜTZLICH IST!
ES WAR SEHR LEHRREICH FÜR MICH, DASS SIE MIR DIESE FANTASTISCHEN SKILLS GEZEIGT HABEN!
GEBEN WIR BEIDE UNSER BESTES!
HMM ...
DAS IST ALSO ...
... KAI BLOODIA ...

WIE WAR DAS ... ER HAT EINE DUNKLE VERANLAGUNG?
INTERES-SANT!
LASS MICH IHN SEZIEREN, AUCH GERN ALS LEICHE. ♡
HÄ ...
... HÄ!
ICH HÄTTE GERNE DIE PRINZESSIN!
HAUPTSACHE, WIR KÖNNEN BEWEISEN, DASS WIR SIE GETÖTET HABEN, RICHTIG?
DER KERL IST STARK ...
ICH WÜRDE AM LIEBSTEN SOFORT GEGEN IHN KÄMPFEN ...

HALTET EUCH ZURÜCK, IHR VERDAMMTEN IDIOTEN!
WER NICHT GENUG HIRNSCHMALZ HAT, SOLLTE AN NICHTS ANDERES DENKEN ALS AN DAS ERREICHEN DES ZIELS.
KRTZ
GNN

KRING
STEHST DU AUF SELBST-VERSTÜMMELUNG?
WOBEI DU HOFFEN SOLLTEST, DASS DU MIT VERLETZUNGEN DAVONKOMMST ...
!
NA GUT!
ICH WERDE ...
... MICH MIT DIR ...
... BEGNÜGEN!
HE, LEUTE, KÖNNT IHR DAS BITTE LASSEN?
TOCK

DA BIST DU JA.
SEHT NICHT EINFACH ZU, HALTET SIE AUF!
NA JA, ...
... WÄRE ES NICHT BESSER, WENN SIE SICH GEGENSEITIG ABMURKSEN UND ICH DIE KONTROLLE ÜBERNEHME? DANN WÄREN SIE WENIGSTENS BRAV!
...
D...
DU DURFTEST AUCH KÄMPFEN!
DAS IST UNFAIR ...
HA HA HA, TUT MIR LEID!
ABER DAS WAR NOTWENDIG!
ICH HABE IHM FESSELN ANGE- LEGT.
JE BEQUEMER DIE ARBEIT, DESTO BESSER, ODER?

Dark Paladin 01 Ende

WIESO MACHT IHR ÜBRIGENS DAS LICHT NICHT AN?
ÄH ... ICH FÜHLE MICH IM DUNKLEN WOHLER ...
ICH AUCH.

DARK PALADIN

DARK PALADIN
◆BonusKapitel◆
Kai und ich in der Schule
von FumiKaru Nishijima

ICH BIN SHELFA KLAN ASTERIO, VIERTE PRINZESSIN DES KÖNIGREICHS UND AUF RANG SECHS DER THRONFOLGE.
DIESES JAHR BIN ICH SECHZEHN GEWORDEN UND HABE MICH VOR KURZEM AUF DER HOLY EXPERT IMMATRIKULIERT, DER AKADEMIE FÜR HEILIGE BERUFE.
AN DIESER SCHULE HERRSCHT EINE ZIEMLICH LIBERALE ATMOSPHÄRE UND DER UNTERRICHT MACHT SPASS.
DA WIR NOCH KEINEN NACH BERUFEN GETRENNTEN FACHUNTERRICHT HABEN, HABE ICH MIT SCHÜLERN UND SCHÜLERINNEN DER VERSCHIEDENSTEN PROFESSIONEN GEMEINSAM UNTERRICHT. ICH HABE FESTGESTELLT, DASS ES JE NACH METIER UNTERSCHIEDLICHE ANSICHTEN GIBT, WAS ICH SEHR LEHRREICH FAND. SOLCHE ERFAHRUNGEN KANN ICH AM HOF EHER NICHT MACHEN.
BESONDERS INTERESSANT ... ODER SAGEN WIR EHRLICHERWEISE FÜR MICH ZIEMLICH UNDURCHSCHAUBAR, IST KAI, MEIN MÜNDEL.
NEULICH SASS ER NEBEN MIR UND BRUMMTE DIE GANZE ZEIT VOR SICH HIN.
ICH SAH IHN AN.
„WAS BRUMMELST DU DENN DIE GANZE ZEIT, KAI?"
SEIN NAME IST KAI BLOODIA. GENAU, ER GEHÖRT ZUR FAMILIE BLOODIA, DIE ALS UNERREICHTE MEISTER DER DUNKLEN KÜNSTE GELTEN. KAI HAT MICH NEULICH VOR MONSTERN GERETTET. AUFGRUND DESSEN HABE ICH IHM EINE EMPFEHLUNG FÜR DIE HOLY EXPERT GESCHRIEBEN UND WURDE SO ZU SEINEM VORMUND, ABER ICH MUSS SAGEN ... KAI IST ETWAS SPEZIELL. EIGENTLICH SOGAR ZIEMLICH SPEZIELL.
ANSCHEINEND HATTE ER BEIM THEORETISCHEN UNTERRICHT AM VORMITTAG ETWAS NICHT VERSTANDEN.

„WAS HAST DU DENN NICHT VERSTANDEN?"
„HMM ... WAS DIESES KÄMPFEN IM TEAM ANGEHT ..."
KAI IST GERADE ERST IN DIE KLASSE FÜR FORTGESCHRITTENE AUFGERÜCKT UND NIMMT SEIT EIN PAAR TAGEN AM UNTERRICHT TEIL.
ICH HATTE ANGENOMMEN, DASS DER REIN THEORETISCHE UNTERRICHT FÜR IHN ANSTRENGEND SEIN WÜRDE, ABER ENTGEGEN MEINER BEFÜRCHTUNG IST ER EIN HERAUSRAGENDER SCHÜLER.
KAI KENNT SICH SEHR GUT MIT DEN VERSCHIEDENEN MONSTER-SPEZIES UND IHREN BESONDEREN MERKMALEN, SCHWACHPUNKTEN USW. AUS, HAT UMFASSENDE KENNTNISSE ÜBER DIE HABITATE VON MONSTERN IM IN- UND AUSLAND, ER WEISS, WIE MAN HEILKRÄUTER UND GIFTPFLANZEN UNTERSCHEIDET UND VIELES MEHR. DIE MEISTEN SCHÜLER BEGREIFEN GAR NICHT, WIE UMFASSEND KAIS KENNTNISSE SIND, ABER DIE LEHRER REISSEN REGELMÄSSIG ERSTAUNT DIE AUGEN AUF.
ICH MUSS GESTEHEN, DASS AUCH ICH VON KAIS BREIT GEFÄCHERTEM WISSEN ÜBERRASCHT WAR. ICH VERMUTE, DASS ER ALLES, WAS ER AUCH NUR ENTFERNT FÜR DAS KÄMPFEN NUTZEN KANN, VON SEINER FAMILIE ERLERNT HAT.
NICHT UMSONST IST DIE FAMILIE BLOODIA EINE DER BERÜHMTESTEN FAMILIEN DER DUNKLEN KLASSE, DIE DAS KÖNIGREICH AUS DEM SCHATTEN STÜTZEN.
„UND? WAS VERSTEHST DU NICHT BEI KÄMPFEN IM TEAM?"

AUF MEINE FRAGE ANTWORTETE KAI:
„ICH VERSTEHE GRUNDSÄTZLICH NICHT, WELCHEN SINN ES HAT, IM TEAM ZU KÄMPFEN."
„WIESO? WENN MAN GEFÄHRTEN HAT, KANN MAN SICH GEGENSEITIG HELFEN!"
KAI LEGTE DEN KOPF SCHIEF.
„HELFEN? ICH FINDE, JE MEHR PERSONEN DA SIND, AUF DIE MAN ACHTEN MUSS, DESTO WENIGER KANN MAN SICH AUF DEN KAMPF KONZENTRIEREN."
„HMM ..."
ANSCHEINEND BETRACHTET KAI TEAMMITGLIEDER WENIGER ALS GEFÄHRTEN UND MEHR ALS BALLAST.
ZUGEGEBEN, FÜR JEMANDEN, DER OHNE GROSSE MÜHE DREI COCATRICE AUSSCHALTEN KANN, SIND NORMALE MENSCHEN VIELLEICHT TATSÄCHLICH NICHTS WEITER ALS BALLAST, ABER ...
ICH SCHÜTTELTE DEN KOPF UND WANDTE EIN: „ABER IN EINEM TEAM HAST DU IMMER MITGLIEDER, DIE DEINE SCHWÄCHEN AUSGLEICHEN KÖNNEN!"
„ALSO, WENN JEMAND SCHWÄCHEN HAT, SOLLTE ER SICH DANN NICHT LIEBER DARUM BEMÜHEN, SIE AUSZUMERZEN?"
„DAS STIMMT NATÜRLICH, ABER ..."
IN DIESEM MOMENT UNTERBRACH UNS VON HINTEN EINE FRÖHLICHE STIMME.
„PRINZESSIN SHELFA, KAI ÜBERZEUGEN ZU WOLLEN, IST EINE VERSCHWENDUNG VON WORTEN!"
KAI UND ICH DREHTEN UNS UM. VOR UNS STAND DIE SCHÜLERIN MILIA SOREL, UMGEBEN VON IHREM GEFOLGE.

MILIA IST DIE ÄLTESTE TOCHTER DER FAMILIE SOREL, EINE DER DREI MÄCHTIGEN HEILIGEN FAMILIEN, SIE GILT ALS DIE IDEALE VERKÖPERUNG EINES PALADIN.
ZU MEINER ÜBERRASCHUNG IST SIE ANSCHEINEND EINE KINDHEITSFREUNDIN VON KAI. DASS EINE HEILIGE FAMILIE MIT EINER FAMILIE AUS DEM DUNKLEN METIER VERBINDUNGEN PFLEGT, IST NICHT GERADE GEWÖHNLICH. ANSCHEINEND SIND BEIDE FAMILIEN IN IHREM DENKEN EHER LIBERAL EINGESTELLT.
ICH HABE EIGENTLICH NICHTS GEGEN MILIA, ABER WENN ICH SIE UND KAI MITEINANDER REDEN SEHE, SCHLÄGT ES MIR IRGENDWIE AUFS GEMÜT. ICH FRAGE MICH, WARUM?
MILIA WARF EINEN KURZEN SEITENBLICK AUF KAI UND FUHR FORT:
„KAI IST JEMAND, DER DURCH DAS KÄMPFEN LERNT, FÜR PURE THEORIE IST ER NUR SEHR BEGRENZT EMPFÄNGLICH. IHR MÜSST EINFACH NUR ABWARTEN, BIS ER EINEN ECHTEN TEAMKAMPF MITERLEBT, DANN KAPIERT ER SCHON, WIE NÜTZLICH DAS SEIN KANN."
MIT DIESEN WORTEN LEGTE MILIA KURZ IHRE HAND AUF KAIS SCHULTER UND GING DANN MITSAMT GEFOLGE AUF DEN FLUR HINAUS.
„VERSUCH, DER PRINZESSIN NICHT ALLZU SEHR ZUR LAST ZU FALLEN, SCHAFFST DU DAS, KAI?"

„ALSO DANN, ICH WÜNSCHE NOCH EINEN SCHÖNEN TAG!"
ICH SAH MILIA HINTERHER UND HOLTE TIEF LUFT.
DIESE VERTRAULICHE GESTE, MIT DER SIE KAI DIE HAND AUF DIE SCHULTER GELEGT HATTE, ERSCHIEN MIR ÜBERTRIEBEN UND UNNÖTIG, ABER NA JA, SEI'S DRUM.
ICH SAH KAI AN UND SAGTE:
„MORGEN BEGINNT DER PRAKTISCHE UNTERRICHT, MILIA HAT RECHT, ES IST SICHER DAS BESTE, WENN DU AUS DER PRAXIS LERNST. APROPOS, WIR HABEN DIESES JAHR ANSCHEINEND EINEN NEUEN LEHRER."
„ACH JA? ICH BIN SCHON SEHR GESPANNT AUF DEN UNTERRICHT MORGEN!"
KAI WIRKTE AUFGEREGT WIE EIN KLEINES KIND. EINERSEITS HAT ER OFT DAS MIENENSPIEL EINES KLEINEN JUNGEN, ABER WENN MAN IHN DABEI BEOBACHTET, WIE ER SICH SOGAR GEGEN ERWACHSENE IM KAMPF MISST UND SIE DABEI IN DEN SCHATTEN STELLT, IST DAVON NICHTS MEHR ZU SPÜREN ... IRGENDWIE IST ER WIRKLICH UNDURCHSCHAUBAR.
ACH JA, APROPOS UNDURCHSCHAUBAR ...
„KAI, DU MACHST IMMER SO EIN ERNSTES GESICHT, WENN DU DEIN MITTAGESSEN AUSPACKST. IST IRGENDWAS DAMIT?"
KAI HAT JEDEN TAG EIN KÖSTLICH AUSSEHENDES MITTAGESSEN DABEI. ICH VERMUTE, DASS SEINE MUTTER ES FÜR IHN ZUBEREITET. AUCH ICH WEHRE MICH NOCH DAGEGEN, IN DER SCHULMENSA ZU ESSEN, UND LASSE MIR JEDEN TAG VOM KOCH DER RESIDENZ EIN ESSEN ZUM MITNEHMEN ZUBEREITEN. VOR ALLEM DESHALB, WEIL ICH AM HOF OFT ALLEIN ZU MITTAG ESSEN MUSSTE UND ICH MICH JETZT INSGEHEIM FREUE, WENN WIR NEBENEINANDER UNSER ESSEN AUSPACKEN.

WENN ICH KAI HEIMLICH DABEI BEOBACHTE, KOMMT ES MIR IRGENDWIE SO VOR, ALS WÜRDE ER DABEI AUS UNERFINDLICHEN GRÜNDEN NICHT SEINEM MITTAGESSEN, SONDERN DEM LEIBHAFTIGEN TOD INS AUGE BLICKEN.
ALS ICH IHN DARAUF ANSPRACH, SAGTE ER: „IN LETZTER ZEIT MUSS ICH BEIM ESSEN MEINER MUTTER AUF ALLES GEFASST SEIN. SIE MISCHT NÄMLICH ZIEMLICH HEFTIGE SACHEN HINEIN."
„HEFTIGE SACHEN? ALSO ICH FINDE, DEIN MITTAGESSEN SIEHT IMMER SEHR FARBENFROH UND FRISCH AUS UND DIE BEILAGEN WERDEN ANSCHEINEND MIT GROSSER SORGFALT ZUBEREITET ..."
ABER BEI JEDEM BISSEN, DEN KAI IN DEN MUND STECKT, BRUMMELT ER IMMERZU SO WAS WIE „DAS IST IN ORDNUNG" ODER AUCH „UH ... HEUTE IST ES ALSO DAS ...". WAS MEINT ER NUR DAMIT?
NACH DEM ESSEN SIEHT ER DANN MEISTENS IRGENDWIE SEHR BLASS AUS. AN MANCHEN TAGEN ZITTERT ER SOGAR, SO ALS MÜSSTE ER IRGENDETWAS UNTERDRÜCKEN ODER AUSHALTEN.
ALS ICH IHN NEULICH BEIM NACHMITTAGSUNTERRICHT DARAUF ANGESPROCHEN HABE, WARUM ER SICH ÜBERHAUPT KEINE NOTIZEN MACHT, HAT ER NUR GESAGT: „ICH KANN MEINEN OBERKÖRPER NICHT BEWEGEN ..."
DABEI STAND IHM DER ANGSTSCHWEISS AUF DER STIRN. UND ALS ICH EINMAL DIE BEILAGEN MIT IHM TAUSCHEN WOLLTE, FRAGTE ER MICH NACH MEINER WIDERSTANDSKRAFT.

„GEGEN WAS BIST DU DENN ALLES IMMUN? ICH MÜSSTE ERST MAL WISSEN, GEGEN WAS DU ALLES IN WELCHEM MASSE RESISTENT BIST."
ALS ICH SEINE FRAGE BEANTWORTET HATTE, MACHTE ER EIN BETRETENES GESICHT UND SAGTE ENTSCHULDIGEND: „TUT MIR LEID ... IN DIESEM FALL KÖNNTE ICH NICHT FÜR DEIN LEBEN GARANTIEREN ..."
„ÄHM ... WIR REDEN HIER ABER SCHON ÜBER DEIN MITTAGESSEN, ODER?"
SO GANZ HAB ICH DAS NICHT KAPIERT, ABER VIELLEICHT IST DAS JA EINE SACHE, DIE FÜR EINE FAMILIE EINER DUNKLEN KLASSE GANZ TYPISCH IST.
JEDENFALLS HABE ICH DANN DARAUF VERZICHTET, DASS WIR UNSERE BEILAGEN TAUSCHEN. MANCHMAL IST ER WIRKLICH SONDERBAR, ABER DIE ERNSTHAFTIGKEIT, MIT DER ER SICH ALLEM MIT GANZER KRAFT WIDMET, BEWUNDERE ICH SEHR, DAS SOLLTE SICH MEINER MEINUNG NACH JEDER ZUM VORBILD NEHMEN.
DAS EINZIGE, WESWEGEN ICH MIR BEI IHM SORGEN MACHE, IST, DASS ER ES ÜBERTREIBT UND IHM DANN SEINE EIGENE HINGABE ZUM VERHÄNGNIS WIRD.
MANCHMAL ÜBERTREIBT ER ES MIT SEINER ERNSTHAFTIGKEIT UND ER WIRD FÜR SEINE UMGEBUNG ZU EINER GEFAHR. IRGENDWANN PASSIERT ES BESTIMMT MAL, DASS ER ZU VIEL KRAFT EINSETZT UND DADURCH FÜR UNNÖTIGEN WIRBEL SORGT. ABER WENN ES WIRKLICH DAZU KOMMT, WERDE ICH IHM HELFEN, SO GUT ICH KANN. SCHLIESSLICH BIN ICH JA SEIN VORMUND. ICH BIN WIRKLICH NEUGIERIG, WIE ER SICH NOCH WEITERENTWICKELN WIRD.
„HÖR MORGEN BEIM PRAKTISCHEN UNTERRICHT GUT ZU, WAS DER LEHRER SAGT, JA?"

„VERSTANDEN! ICH WERDE MIT GANZER KRAFT MEIN BESTES GEBEN!", ANTWORTETE KAI IM BRUSTTON DER ÜBERZEUGUNG.
HMM ... OB DAS GUT GEHT?
ABER DANN BETRACHTETE ICH EINE WEILE SEIN KINDLICHES PROFIL UND MUSSTE KICHERN.
WAS SOLL'S ... ICH BIN SEHR GESPANNT ...
DENN NUN BEGINNT MEIN SCHULALLTAG MIT KAI.

HIER, ... KAI!
EIN GESCHENK VON DEINER MAMA! ♡
Bonusmanga Special
Ich bin eine Nekromantin, aber ich will Plätzchen für meinen Bruder backen
SIND DAS ...
... PLÄTZCHEN?
VIELEN DANK!
HI HI
HEUTE IST DOCH DIESER TAG, AN DEM MÄDCHEN DEN JUNGS SÜSSIGKEITEN SCHENKEN!
ICH HAB AUCH WELCHE FÜR PAPA.
AH!
DAS IST SEIT LETZTEM JAHR IN MODE!
KEINE AHNUNG, WAS DAHINTERSTECKT.

APROPOS, MEINE KLASSENKAMERADEN WAREN ALLE EIN BISSCHEN UNRUHIG ...
HIBBEL
HIBBEL
HIBBEL
VOR ALLEM DIE JUNGS ...
WIE IST ES BEI DIR, KAI?
HI HI
DU HAST BESTIMMT EH NICHTS BEKOMMEN, ODER?
NA GUT, DU ARMER KERL, ...
... WENN DU UNBEDINGT PLÄTZCHEN HABEN MÖCHTEST, WÜRDE ICH AUSNAHMSWEISE ...
DANN HABEN MIR MILIA UND SHEL ALSO DESWEGEN SÜSSIGKEITEN GESCHENKT?
WOBEI MILIA ALLEN JUNGS WAS GESCHENKT HAT ...
WAS SOLL DAS, CHLOE?!
DONK
AU!
LASS MICH IN RUHE! BLÖDER KAI!
300faches Gegengeschenk wird erwartet!
DIE PLÄTZCHEN VON MAMA ENTHIELTEN NATÜRLICH GIFT.

KAI LERNT NEUE TECHNIKEN UND TRAINIERT HART, UM DER STÄRKSTE ZU WERDEN.
„ARMS …
… ALTER!“
ZWUSCH
KRI
NG
ABER …
„JEMANDEN BESCHÜTZEN“ …
?
ES KÖNNTE SEIN, DASS ES SCHON BALD SO WEIT IST.

... VOR DEM TRAINING AN DER AKADEMIE STARTET DIE INTRIGE UM DIE GEPLANTE ERMORDUNG DER PRINZESSIN!
WIR WERDEN ALLE TÖTEN.

Kai Bloodia

Dunkler Ritter

16 JAHRE ALT. LEGITIMER SPROSS EINER BERÜHMTEN FAMILIE DES DUNKLEN METIERS. DURCH SEINE VORKENNTNISSE ALS DUNKLER RITTER HAT ER AN DER DARK EXTRA EINIGE KLASSEN ÜBERSPRUNGEN UND SCHON FRÜH MISSIONEN ZUR AUSROTTUNG VON MONSTERN ÜBERNOMMEN. UM NOCH STÄRKER ZU WERDEN UND DAS ANSEHEN DER DUNKLEN KÜNSTE ZU VERBESSERN, MÖCHTE ER ROYAL PALADIN WERDEN.

Shelfa Klan Asterio

Bischöfin

16 JAHRE ALT. VIERTE TOCHTER DER KÖNIGSFAMILIE DES HEILIGEN KÖNIGREICHS ASTERIA UND AUF PLATZ SECHS DER THRONFOLGE. AUFGRUND IHRES AUSNAHMETALENTS FÜR HEILIGE ZAUBER BEKLEIDET SIE EINES DER HOCHRANGIGSTEN ÄMTER UNTER DEN HEILIGEN BERUFEN. IN LETZTER ZEIT WIRD AN DER SCHULE ÜBER KAI UND SIE ALS „DAS TOLLPATSCH-DUO" GETRATSCHT.

THE POWER OF DECISION

By

David L Johnson

Published by Book Writing Pioneer

Cover design by Book Writing Pioneer

ISBN: Printed in the United States

BOOK WRITING
PIONEER

DEDICATION

Lovingly dedicated to my #1 Son, Baby Boy, Little Brother, and my Dear wife. You all are my "whys." You are the reasons why I do what I do. You are the reasons why I don't do what I don't do. I am so very aware of the fact that my decisions have truly directed and affected you. Even after I am gone, the decisions I've made will have had a lasting impact on you and, through you to those connected to you. You have shaped my legacy. I hope that, more than my mistakes, you have benefited and will continue to benefit from the good decisions that I have made in my life. All that I am and ever hope to be, I owe it all to thee...to God be the Glory for the things He has done."

CONTENTS

ABOUT THE AUTHOR

Born on April 26, 1963, and raised in the streets of Philadelphia, Pa. The energy, direction, and drive of this 60-plus-year-old man can only be attributed to God. I am truly what my 2nd book is entitled "A Man On Purpose." My passion and purpose in life are to help make Better men, Better Husbands, and Better Fathers. I focus on these three designations because I am all three of them. I care and am concerned that many men are not aware of how important and how necessary we are in the lives of those connected to us. We men must be and do better.

ACKNOWLEDGEMENTS

I give all honor and glory to God for directing me in discovering my passion and purpose in life. So many struggle to know why they are here on the earth. My mission is to help men be "Better men, Better husbands, and Better fathers!" I truly feel as though I was created to help all who are connected to me to experience better in and through me as a man.

To my Son David L Johnson II, for reminding me without ceasing and for many years, to write this book. Thank you for being like your father in this respect…relentless! When you were 17 yrs old, you helped me to see that what I had helped to do well was to have helped make a young man who had driven, strength, and integrity. Looking at you then, I began to understand and discover what I embrace today as my purpose in life.

*To my loving wife and life partner "Lady Dee," my "painfully" honest cheerleader who keeps me on point. When I came into your life, I told you that I would use my life to make you better. I believe that I have done that. What I did not expect was that you would turn my decision into your own and do the same for me. You have done just that, and you have made my life better. I am a better man. I am a happy man. Thank you for using the **Power of Decision.***

To Bishop Anthony Hall Sr. (My Spiritual Father), Thank you for your constant love and encouragement. "You finally did something right." (You lovingly like to say of me marrying Lady Dee). My relationship with you is wonderfully complex. You are my best friend, my brother as well as my Spiritual Father. Maturity allows us to navigate these relational dimensions and manage them well. Through the years, we have seen each other at our best and at our worst. "What therefore God hath joined together, let not man put asunder." I am so blessed to have you in my life!

To Sr. Pastor (Bishop) Rex Johnson, you taught me to love people. I will never forget the very first time we met, you hugged me so tight that I had to catch my breath. Thanks for "seeing me" beyond my faults and accepting me as one of your many sons. I love and admire you, Dad, my forever pastor.

FOREWORD

Though I am the only natural-born child of my father—and the expectation of "only children" is for them to be both spoiled and stingy—I've never had a problem sharing him. Not with other men or boys, not with churches and church members or the world…*really, not at all. Why?* Simply put, men like my father aren't easy to find these days. Look, I know that many men are showing up as present fathers and faithful husbands, and I celebrate each of them. What separates my father from the crowd is that he is both willing and effective in *teaching* what he has learned. He is eager to guide men, fueled by the desire to help us circumnavigate the very pitfalls he had to climb his way out of.

"The Power of Decision" is just one such resource of many to come. As you read this work, you will be challenged, convicted, and probably triggered. But *decide now* to read on; *decide now* to adapt and apply what you read. If you want to be a better man, picking up this book will be the first of many *decisions* in favor of your path to a better destiny.

David L Johnson II

The one and only natural son

As they sat across the table from each other, they barely made eye contact. Eric couldn't bring himself to speak about how they got to this place. His kids were devastated, and the anger showed on their 12 and 13-year-old faces. Kimberly sat stoned-faced and tried hard to hold back her tears. How did all of this destruction happen? The answer was Eric's bad decision.

You see, all of this could have been avoided if Eric had thought through that one decision that he made on that one horrible night.

Pastor David L Johnson has put on paper what most people won't dare tackle. He has not only witnessed many lives destroyed by one decision, but he has also experienced times in his own life that he wished he could have rolled back the time. You will laugh at some of his stories, then cry and weep at the stories that you can personally identify with.

I'm so proud of our spiritual son, David Johnson, and I whole heartedly support this project!

Bishop Tony Q. Hall Sr.
Spiritual Father

PREFACE

My goal is that you will be challenged to think as you read this book. I am convinced that many of us are guilty of not thinking. I am challenging you to make better decisions as you think more thoroughly. We are all guilty at some time or other of making decisions that were not well thought out. At some point in our lives, we all find ourselves guilty of hastily making decisions without thorough consideration. While some, perhaps like myself and maybe even you, have a tendency to overthink, it's a common realization that many of our choices could have been improved if only we had invested a bit more time and contemplation. There are many things that we would not have said had we only thought a little longer. Some things that we now wish we had said. We will all fair better as we think better.

INTRODUCTION

I believe that the substance of life begins and ends with our willingness to accept the fact that we must make decisions. I believe that, to a large degree, my thinking helps to determine my destiny. I once heard someone say that "people are where they are because of decisions that they have made or have refused to make." Most of the things that have come to fruition in and around our lives have manifested predominantly because of our decisions, both made and not made. Understand this: refusal to make a decision is a poor decision made!

I want you to accept the fact that you do have "The Power of Decision." The problem is that many of us live as if we play no part in regard to the quality or course of our lives. Some seem to reason, "I am a criminal because I was born to be this way." I don't believe that is true. The truth is, at some point, a decision was made to embrace a life of crime. Therefore, life is essentially comprised of a series of decisions. People who accept the responsibility of making good decisions are those who choose to exercise the power that gives them control and purpose. Those who don't embrace this responsibility often flounder aimlessly and recklessly through life. Eventually, they end up somewhere, claiming to not understand why they are there or how they even got there.

I recall once, while watching the movie "Spider-Man," he had some very painful moments as he discovered aspects of his "superpowers." In order to exercise his powers, he first needed to understand the powers and then accept the reality that he had them. He had many failures (falls) along the way, but just as he had to "come into his own" and learn to control his "super-powers," we must become more comfortable with the fact that we are almost always moving in the direction of our minds. We are moving in the direction of our decisions. This means that when faced with a decision, if we are unprepared or honestly unaware of our power to do so, we inadvertently choose not to make progress. Consequently, we forfeit the opportunity to move from where we have been, hence keeping us in a place called "STUCK."

To fail or neglect to make an initial decision could result in a series of damaging decisions. For example, if I say yes to the drug, I could become addicted or end up in jail. When I say yes to marital fidelity, I have a better chance at a successful marriage. When I decide to drink and drive, I may end up with children who suffer due to the absence of their incarcerated parents. These unfortunate things all happen because of selfish decisions. Those connected to us often pay the price when we make bad decisions.

So, one might ask, "Why do I feel so stagnant and confined?" Generally, that state of lethargy could be a deadly form of what some call "lazy brain." Some of us simply refuse to think, especially us men. I don't mean the momentary utilization of the organ called the brain; I mean the act of consistently exercising the brain (much like a muscle), thus consciously carrying more of our thoughts to their logical conclusions. I believe that this is, in effect, the process called decision-making. If more people did this, there would be much less crime and violence. Engaging and exercising our brains in moments of life's crisis would render more pleasant outcomes. I mean no disrespect to those who are incapable of controlling their thoughts due to mental illness. Many of these persons need to be in institutions or on medications to help them regulate and manage the myriad of challenging things that frequently assault their minds.

The fact that men are created to think primarily on the left side of the brain and that the left hemisphere of the brain is generally responsible for logic means to me that men are created and purposed to be logical or to be thinkers. Critical thinking plays a significant role in decision-making, and my concern arises from observing that men and those connected to us often find themselves in unfortunate places and painful scenarios. This occurs because we simply don't think before we act or speak. We have the power, but too often, we don't use it. We don't exercise the power of decision.

The absence of decision-making, especially for men, is like a cat that doesn't meow. Cats do meow because it is in their nature, or, again, that is how they were created. Men are created to use the left side of the brain predominantly because we are created to be thinkers. We are designed to make decisions. So then, a man who does not think (before he acts) would be likened to a cat that barks. We all know that cats don't bark. So then, a man who acts (or speaks, for that matter) before he thinks behaves in a manner that opposes his created purpose. This behavior usually ends badly. This is my understanding of dysfunction; it's something that works but does not work correctly. Sadly, in my profession as a Corrections Officer and my life in Ministry, I see the manifestation of this reality all too often. Men end up in jail or prison because they "react" before engaging their brains, which gives us the ability to "respond!" We don't think, so then, many opportunities to make wise decisions are lost..

Years ago, I learned that almost everything we do as human beings is inextricably connected to the side of the brain that we think on. I urge you to take charge! Move forward and decisively toward whatever and wherever it is that your heart and mind are leading you. You have the power! Make the decision now! Overcome and conquer! The road to overcoming and victory begins at the intersection of decision. Procrastination is no longer an option! YOU MUST THINK YOUR WAY THERE! You may be one decision away from success.

THE POWER OF DECISION

CHAPTER 1

CHOOSING A PARTNER

Years ago, I was inspired and in awe upon hearing a story about how the female eagle selects her mate. I must admit that I wasn't certain that it was a true story, but after some time spent in research, I discovered that it really was true. I would like to share some interesting facts about this majestic bird and then compare her wisdom to that of mankind:

a. ***When she mates, she mates for life.***

b. ***Not only is she monogamous, but she often chooses not to find another mate if the first partner is killed or somehow separated from her.***

c. ***The female eagle is noticeably larger than the male eagle.***

d. ***When eagle chicks fall from the nest, it is the male eagle's job to catch them.*** (Canku Ota Logo, An Online Newsletter Celebrating Native America, Volume 15 #4., n.d.)

The female eagle tests and qualifies the male Eagle, which may become her suitor. Some of the reasons are as listed above, but as for how she tests them, she looks them over first and selects one that looks like he would be a good suitor. She then flies with the male eagle. Spotting an object, she soars high. When she releases the item, the male eagle must catch it. This routine is repeated multiple times, with each iteration involving the selection of a progressively larger item. When he fails to catch the item that is dropped, he is disqualified. She then flies away from him, thus signifying to the male eagle that he has failed the test.

This is very interesting as it compares to mankind. It seems to prove that these birds may be better decision-makers at times than humans are. Man, the higher creation of God's hand (mankind), often selects mates in ways that may not be best for us. I'd like to proceed with a comparison between the way the female eagle selects and the way humans often select mates. The female eagle tests her possible suitors. We date, yes, but **the decision as to who we date is too often based on physical features and beauty,** which may eventually fade and sag…or both. There is a popular TV show called "Judge Judy." I love to watch the show because she is no-nonsense! I heard her say, "...beauty fades, but dumb is forever!" Sometimes, the way we choose mates is just plum dumb.

The decision as to who we date is too often based on physical features and beauty.

When we get married, we usually repeat "until death us do part," but often, there is no real commitment to that phrase at all. The eagle intrinsically mates for life and is monogamous. Mankind often lives by unwise codes like ***"the more the merrier"*** or ***"variety is the spice of life."*** When these sayings are applied to marriage, they are taken out of context, leading to bitter and broken relationships. The ultimate consequence is bitter and broken people.

The wisdom of an eagle to select a mate based on its ability to rescue a chick that may fall from the nest is almost genius. Many times, humans don't exercise this kind of wisdom, even though we have the full capacity to do so. As for the female eagle being larger than the male, wisdom leads me to "plead the 5th," although in most cases, male humans are the bigger of the two.

In my opinion, choosing a mate should be made after much careful consideration of many things. Just because one may be attracted or is attractive is not enough to base what should be a life-long DECISION upon. Can the mate that you are considering "catch" you or "keep up" with where it is that you are going in life? Well, for that matter, where are you going in life?

My best friend, who happens to be my spiritual father, Bishop Anthony Hall Sr., likes to say to me, "Son, you FINALLY did something right." He loves to tease me about my decision (my choice of a life partner) to marry the woman of my dreams - *Mrs. Deneen Johnson.* She is a rare find and has accepted the man who is my spiritual father as her own. He loves her because she really loves me, and she uses her life to make me better. She has made his spiritual son (me) a better man, a happy man. Trust me, I use my life to make her better, too. If you want to revolutionize your relationship, use this powerful tip.

One of the things that I had to do after a painful and confusing divorce from my childhood sweetheart was to give myself permission to be happy again (counsel I received from my spiritual father). I was ashamed and embarrassed that we had a failed marriage. You see, we had been engaged in extensive teaching and had served as marital role models for 24 years for numerous couples. Many in the church denomination that I was reared in believed that if you had a marriage that ended in divorce, your ministry was over and that you could never be effective again. In some churches, you would never be used again in ministry.

My dear wife and I had heart-to-heart conversations about who we were, where we were going, and what we believed we were supposed to be to and for each other. Most of the decision to marry was based on the substantive findings and commitments made as a result of that conversation. The conversation was honest, open, and vulnerable. We talked about our weaknesses and failures because both of us were looking to re-marry after our first marriages had failed. If my wife were to speak, she would say that after the first two years, you really begin to see your mate's real weak areas.

So, choose well. Talk about everything you can think of to

talk about. Talk about families of origin. What is his relationship with his mother and hers with her father? Is he/she from a broken marriage? Was his father in his life? These issues often have major effects on how one will relate in marriage. Talk a lot before you say, **"I Do."** If you talk a lot, you may decide that **"I don't"** is the better statement, and may avoid a lot of pain and aggravation - especially you younger people! Many of you like to "do other things first" and talk later, if at all…. I would encourage you to interview each other and each other's families. If the family is crazy, you can often see around the corner and at least brace yourself for some of the likely turbulence.

Understand that life is a fleeting moment here, and then it's gone. If you base your choice on complexion and sexual performance, you will likely discover that beauty fades, and things that once looked like this now look like that. What you used to do all night now takes you all night to do. "What kind of relationship will you have when those things occur or when they stop occurring? Take a lesson from the eagle…

APPLICATION CHAPTER 1

1. **Let's review the important points of how and why the female eagle qualifies for her mate. (L.M.C)**
2. **My wife uses her life to __________________. (True love/True commitment means...)**
3. **Effective conversations must be O____, H______ and V_________.**
4. **Choose wisely because what once was quickly fades.**

CHAPTER 2

CAR PAYMENTS AND PURPOSE

The implementation of this chapter may depend on your financial status or the status of your parents, but for me … I HATE CAR PAYMENTS!!! However, if your income allows you to save money and have car payments as well easily, and that makes sense to you, then, of course, that is your prerogative. In this case, you may “decide” to skip this chapter. I wrote this chapter because I do believe that there is an economic word of wisdom for someone, especially for younger persons.

I have observed that some people seem to think that having a car payment is normal or “just the way it goes” and “everyone has a car payment.” That does not have to be the case. Many have chosen not to have car payments. For many years, I have been one of those who simply refuse to have car payments! What does this have to do with decisions, you may ask? It has everything to do with decisions! I made a decision not to have car payments, and I have managed to drive nice cars for most of my adult life. You do not have to have a car/truck payment unless you decide to.

Let's discuss now **the purpose of owning transportation**. These few points may not exhaust the list, but in short, the purpose of transportation is to:

a.	**Safely get you from one destination to another.**
b.	**To do so with the confidence of no mechanical failure.**
c.	**Provide some degree of comfort.**

In Texas, your car really needs A GOOD AIR CONDITIONER.

These things can be accomplished without a car payment. **We must mention the fact that new cars break down too.** This would mean that the owner now has the potential to have a repair bill and a monthly payment as well.

This decision may well determine how much disposable income you have at the end of each month. This same decision could determine how much savings and investments you are able to commit to regularly. Some say that they can't afford to establish savings. I argue that we can't afford not to establish savings. With savings in mind, I truly believe that what happens must happen as a result of priority. It must be a matter of priority and decisions. If saving and investing are important to you *(and they should be),* then you must find a way

We must mention the fact that new cars break down too.

to save and invest. By the way, *(HINT, HINT)* saving and investing should be priorities, if possible, because emergencies don't happen on schedule. Even if you can't afford to save a lot at a time, save a smaller amount, establish the habit, and increase that amount as more discretionary income becomes available.

Many of our habits today result from what we observed as our parents reared us. Some have made having a new car every 2-3 years the norm. This may be nice in theory, but it is not necessary in practice. *What kind of car do you drive? What is the make of your choice? Is this choice working for you?* The answers to these questions are not important for me to know, but they may be important for you to know. For example, even though your family has always driven a Mercedes, it might not be the most suitable car for your needs. If a certain brand that you like costs too much for you to drive, it might be necessary to switch to a more affordable car brand. There are many things that we like and some things that we love that are not good for us. This goes for people, too! Are there people in your life that are not good for you? It is probably decision time. Okay, back to cars and transportation.

The type of driving that you do may need to be considered as you choose the make and model that is best for you and your family. You may really need to be driving a truck or an SUV instead of a Sedan. Yes, decisions, decisions, decisions!!! What you like versus what you need may be an important area of consideration before you make your decision. Probably one of the most important areas concerning cars is how we drive them. Are you hard on your car? Just like to drive fast? Like to burn rubber and race? These can be very costly and sometimes deadly decisions. I have said before that **where there is no investment, there is often no value.** This means nice gestures like buying or giving cars *(especially that first car to your teenager)* may not be the best choice for your loved one. Their disposition should be taken into consideration. I'd recommend asking a few of your close and trusted friends before you decide to give or purchase a car for someone.

I have made my fair share of mistakes in this area and will now share a couple of confessions. I hope to spare you the regret or, worse, help avoid a tragedy or, even worse, a death. I would like to begin by saying that my intentions were honorable. Some say my decisions were a waste of resources and unwise provision, but I like to consider them expensive lessons. The two examples that you are about to read about may be familiar to your own experience and perhaps even a bit comical.

Where there is no investment, there is often no value.

The Nephew Car Story

In the early years of his life, my nephew, Bob, did not have his father in his life. My sister was a hard-working single mother. I was one of the few paternal figures in his early life. Somehow, I thought that it was my duty to provide him with his first car, so upon his 16th birthday, I gave him my 4-cylinder 1981 Buick Century. I had recently had the vehicle painted sky blue, as I recall … and had installed a really nice stereo/ CD player with new speakers and all.

Because nephew Bob made no investment in it, the value of it was very low. He raced this little 4-cylinder and drove it as fast as it could go. In case you aren't familiar, a 4-cylinder is built to conserve gas and is not a "racing car" by any means! Well, I taught him about everything under the hood and how important it was to check fluid levels and maintain the vehicle. I didn't take his wavy hair and his laid-back disposition into account. He was a ladies' man, you see … just as cool as he could be. You could probably write the end of this story. It wasn't long before he had blown up the engine because he neglected the maintenance and did not put oil in the car … *racing.*

The Baby Brother Car Story

Next up is my baby brother Sidney. Nephew Bob is 11 years younger than I am. "Sid" is 21 years younger than I. Having done the math, you know that ten years later, I had not learned to consider the disposition of this young man. Again, I felt it was somehow my duty to give him his first car. You see, like Nephew Bob, I was a major paternal figure in his life because he was only nine years old when our father passed away.

Oh, I forgot to tell you that driving fast kind of "ran" in our family. My Nephew Bob inherited it, as well. Some got it worse than others, and the worst of it fell on Sidney. His disposition is very much like that of our late father. He is a hard-headed, flashy, show-off, fast-drivin', light-skinned, wavy-haired pretty boy. This reckless youngster said, "If a speedometer said 140 mph, he had to see if it would do it."

So, for his 16th birthday, when I gave him my pretty, white 1989 Mazda 929 with that pretty blue leather interior, it wasn't long before he had blown the motor. Driving a luxury car as if it were a race car usually has destructive results.

I must say, to this day, I enjoy bringing it up every once in a while. Now, some 20 years later, he still feels bad when I talk about how beautiful that car was. The expression on his face reveals the regret that continues to haunt him to this day. Both he and nephew

Bob had the "Power of Decision," and bad decisions caused them to destroy two very nice "gift" cars. I appreciate the fact that it still bothers them both. It bothers them so much that they are doing their best to ensure that the next generation (their children) takes care of any cars that are made available for them. They are determined that they must pay something for the car before they say it's theirs. Sidney has two sets of twins; the elder twins are 18, and the younger twins are 14 years old. Bob has three grown sons.

It took a while for me as an adult to try different makes and models of cars, but I finally fell in love with the Lexus brand. These cars, in my opinion, are very well engineered, and at 100k, most of them are just getting broken in. I buy nice used cars. I let some person who is more financially disposed pay the sticker price while I save up and typically buy the cars with cash. This is how I manage to avoid having a car payment.

My philosophy is this: I am grateful for the people who can afford to pay the Lexus sticker price. I could pay the sticker price, too, but I choose not to. These folks usually babysat their cars. By that, I mean they usually take excellent care of the cars. They tend to take pride in only having it serviced by Lexus. So then, when I got the vehicle, when I opened the back doors, they still made the sounds that they made when they were brand new. The interior usually looked almost new. After I test-drive the vehicle, I arranged with the owner to have Lexus or Toyota look it over for approximately $100.00. **I paid the fee.** This means that when the car has been looked over, the service advisor talks to **me** about the vehicle.

Lexus owners are usually so proud of their vehicles that they are eager to know how the dealership will evaluate their "ole baby." I offer to give the seller a copy of the report, and they were happy to get it, especially since they didn't have to pay for it. Then, I asked the service advisor how much he would pay for the vehicle to ensure that I was getting a good deal. Most of the time, I found my cars on craigslist.

This is the process that has worked for me. I've been doing this for years because I can accomplish it without car payments, the same things that are accomplished with car payments. Did I say I hate car payments? Ok, well, if the word hate offends or puts you off, I strongly detest having car payments, and I do everything that I can to avoid them. I'd like to encourage you to keep as much of your paycheck as you can instead of letting it pass through your hands and onto someone else.

APPLICATION CHAPTER 2

1. **This chapter could help you avoid ____________and keep more of your money monthly.**
2. **How does the author feel about car payments?**
3. **Where there is no __________, there is usually no.**
4. **Can you relate to the Bob and Sid stories? If so, how and why? What is the significance?**

CHAPTER 3

SOME PAYMENTS NEVER STOP

I don't think I will ever forget the day when my dear wife sent me on a (well-planned) fail-safe mission to find an apartment. We had recently sold a property. We were not quite credit-ready to purchase a home. It was a fail-safe mission because she had picked out four places for me to go. She selected three of the four places because she knew that I would not like any of them. The fourth place was the place where she wanted to live, but of course, she did not share any of this information with me. She had even mapped out the order in which I would see them (well planned, you see) so that the location that was her choice was visited last.

So "clueless" as most of us men often are, I set off like a hunter who had the job of securing food for his family, thinking that I was going out to find the apartment of my choosing and that I would then move my sweet wife into it. You understand that I wasn't choosing anything at all! She set me up to choose the one that she wanted. I must say, she did an excellent job of setting me up, too; it worked!

Having designed such a precise and fail-proof plan, I practically could not disappoint her. I called her after seeing each location and gave her my review, and then; finally, I visited the fourth location. It was a Luxury Apartment Complex; as a New York City resident at birth, she had always wanted to live in a Luxury Apartment Complex *(of course, she never told me that).* We moved in, and life was wonderful. She loved the apartment. We were there for approximately one year when I informed her that we should both begin working on improving our credit scores in preparation for the future.

One day, we were having a discussion, and I told her that soon we should purchase a home and that we would move on from the Luxury apartment. I don't think I will ever forget her words and the sound of disappointment in her voice as she said, "No, but I like it here; I want to stay here." I recall saying to my sweet wife that I would give her the moon if I could. I told her that I felt that the best was not good enough for her, but it would have to do until Jesus came *(A statement that I borrowed from my dear mother).* The fact is that I would not grant her that wish to remain in the apartment because my vision for ownership was strong, and it made sense.

I explained, "Baby, we can't stay here because I plan on retiring someday." I continued, "We are going to buy a home, and I hope to be able to accelerate the payments and pay it off early. You can see, baby, that the payments will someday end. In an apartment, rent never stops."

The above true-life story is shared as an illustration of how important it is to have a plan. "Timing and preparation are essential to giving birth." Planning is essential to success. No one ever plans to fail, but I do believe that we often fail to plan. I plan on having more money than I do every month, and that is why I made a decision about how I buy cars, as explained in detail in the previous chapter. Many times, people end up having more months than they do money, scrambling to make ends meet before the month draws to a close. *Can you relate to this? Is this the case with someone that you know?* If it is you, it does not have to continue to be this way. It can change, but change YOU must!

Dave Ramsey, a widely known financial planner and radio personality, says, "...you have to live like no one else so that later on, you can live like no one else."

Unless people are really financially well off *(and that we are not),* we must sometimes daily decide to live within our means. Yes, this can be a daily decision, and it is one that many people have neglected to make. I like to drive nice cars, and so I had to make a decision as to how to make that happen and, at the same time, remain within our means. How to make it happen, there it is again ... we need a plan. You need to plan! Wealth and comfortable living are rarely a result of mere happenstance. **Dave Ramsey, a widely known financial planner and radio personality, says, "...you**

have to live like no one else so that later on, you can live like no one else." This takes planning...

There is at least one more point of discussion that I'd like to explore before I end this chapter. This is the reality of life and death. These are two things that will happen to all of us and over which none of us have any control at all. The fact is that if we are living, we will all die, even if it is by the unfortunate way of suicide. How we live and how we die is largely dependent upon the decisions that we make. We have the power to change, control, improve, or diminish the way we live as well as how we die.

I happen to believe the Bible when it says, *"... it is appointed unto man once to die and after this the judgment." (Hebrews 9:27)*

To me, this means that the fact that we will die is a given and that we have no decision in that, but how we live is up to us to decide. How we decide to live is what will be judged by God, our righteous judge. Our present state of life is very likely a result of decisions that we have made or chosen not to make, which were, in effect, decisions that we made. I do believe that after we die, according to the above scripture, there will be a judgment. This brings me to my final point of discussion. The Bible says that there is a place of everlasting punishment **(Matthew 25:46).** There is another text that speaks of eternal damnation. **Mark 3:29**. Let me hasten to say that God never intended nor sent any of us (people for whom he died) to this place.

The truth, in short, is that we actually determine or decide their final destination. The decision is made based on the way we have chosen to live. Again, the way we have chosen to live is what I believe will be judged. Dr. Phil says, "When you choose the behavior, you choose the consequence." People may not prefer to think of it this way, but it is the truth. Everlasting punishment or eternal damnation is one of the very real payments that never stop!

APPLICATION CHAPTER 3

1. **In search of our apartment story. She tells it better than I do.**
2. **Any honest man who would stand with me and admit … sometimes we are clueless.**
3. **As soon as you can afford to, you consider purchasing a home or condo.**
4. **Mom said, "Don't let your flesh make a bill that your soul will have to pay in eternity!"**

CHAPTER 4

IT'S NOT OK!

(SPEAK UP OR SHUT UP)

I am a firm believer that **we teach people how to treat us by what we allow them to do and say to us.** How we allow people to treat us or behave towards us can also be perceived as permission to treat us the way they do. I am a people watcher. I love just watching how people react and seeing what it is to which they react.

I just don't have a whole lot of patience when it comes to people who whine, cry, mope and complain about how their children treat them or how their husband or wife treats them, but they keep permitting the behavior. Eventually, if repetition is reinforcement, they unwittingly teach and train their loved ones to continue to do precisely what they say that they don't like or appreciate.

We teach people how to treat us by what we allow them to do and say to us.

Trying to be nice, I think that we excuse bad behavior by saying, "It's ok ..." Well, it's not ok! This, in my opinion, is a mindset; it is a decision that keeps perpetrators perpetrating even when, at times, they would not continue the perpetration! *What is the root of the problem?* I think the root of the problem is that people would like to avoid confrontation.

"Confrontation may be uncomfortable, but it is usually beneficial." I want to go on record for encouraging everyone to be honest with yourself. If you don't like it, speak up because it's not ok.

I will never forget the time when my son was 16 years old. There was a "rite of passage" that had been passed down in our family. We called that right of passage "In the kitchen." When I went into the kitchen, my older brother would not let me out of the kitchen until I learned to give and take good punches. I had to fight my way out of the kitchen, and I was not allowed just to quit or cry. This was his way of making me tough. Somehow, I think he felt that it was his job. To his credit, I must say it worked!

Since it worked for me, I used it on my nephew and then on my baby brother. I taught them how to give and take punches well. I had done this to my son all of his life, and so I didn't see it coming. My son went into the kitchen one day, and I stepped in behind him. I started punching him to make him tough and teach him how to take a punch. I was shocked when my then 16-year-old son grabbed both of my hands, looked me directly in the eyes, and calmly but very firmly said, *"Dad, stop; I don't like this."* I was confused, and I think my feelings were hurt. I had obviously gotten him to where he finally spoke up. Guess what … I never did that to him again. He was old enough to say to me what he did not like very respectfully. He was saying, *"It's not ok."*

As I recall that moment, I am so proud of the man that he was becoming and now is. I taught him how to take a punch, but more importantly, he taught me when was enough. He taught me how to treat him. He taught me that I also had to respect him.

Growing up in my family of origin, we often had the same meal for days on end. I will never forget the large pot of pasta that my mother would prepare. It lasted almost the whole week for all of us. Our family did not have a lot of disposable income. To say it plainly, we were poor. We were taught not to waste food. It was not ok to put a lot of food on the plate and not eat it. We had to finish everything that was on our plates before we would dare to get up from the table or ask for a second helping of anything. My mother taught us how to treat her and how to respect our economic condition. She did this by explaining and demanding that we understood the value of who she was and what her sacrifices allowed us to enjoy. In this modern day, saying what we didn't like (where food was concerned) was foreign to our thinking as well as to our vocabulary. The thought of having her prepare something else, simply because we didn't want to eat what was placed before us, was unheard of!

Some "modern-day mothers" teach their children not to respect their time and efforts. They may not intend to, but they indirectly do this by allowing children to dictate and legislate what will be refused, and then they prepare something different for them to eat. In my day, if we decided that we didn't want to eat what was prepared for us, we were allowed to go to bed hungry, which taught us that what Mother did in the kitchen was to be appreciated, valued, and respected.

There are times when a person, be it male or female, may not speak up for themselves because they haven't yet found "their voice." This may be due to developmental realities or perhaps even related to self-esteem issues. I will be bold and perhaps be the voice of that person or persons in this next hot topic.

I feel that men who hit women are cowards, bullies, or both. Neither of which should be tolerated! This behavior is allowed by many women. In my world, IT IS NOT OK! I don't think that there is ever a reason why a man should raise his hand to strike a woman. It is simply not acceptable! It could be necessary to restrain a woman to keep her from hurting a man, but only restrain, and perhaps the man should remove himself from the area if a physical altercation seems unavoidable.

I feel very strongly about this because it is something that I had unfortunate opportunities to see this behavior by my father as he physically and verbally abused my mother."Where one does not understand the purpose of a thing, abuse is inevitable." If I were to be so bold as to attempt to ascribe blame to the principles in what I saw, I would venture to say that my mother did not understand the true value of what she brought to the table and the power of who she was. I so wish that she was here today to have input on this and to share in a discussion with me. As for my father, I think he may have somehow felt economically and intellectually inferior to my mother because he never made more money than my mom, and he was not sought after when it came to calming situations and counseling people.

If you know someone who is being mistreated like this, I would like to empower and encourage you to be the one to kindly remind them that they are not powerless. They have the Power of Decision! You may be able to help them make the decision to respect themselves, help them to decide that they deserve to be treated better than that! You can help them to see that they can do bad all by themselves and that they deserve to live and be safe. How, you may ask? Well, one of the ways is to get them to talk about it. If you can do that, then just listen. Listen and say back to them what they say to you. You don't have to have a degree in psychology to be a good listener, and once they get to hear how they sound, you could simply ask if they are ready to do something about it. What are they ready to do about it? You don't have to have the answers, but maybe you can point them in the right direction.

If there is more caught than taught, and I do believe it to be true, then what does a little girl learn as she watches her father physically abuse her mother? She could be learning that in relationships, that behavior is normal. A little boy learns that that is what he is supposed to do when he grows up and becomes an abuser. If you are seeing this, be reminded that you also have "The Power of Decision." You may be the one who could help them see, maybe even save, the life of the one who may hear you. What decision is there to be made, you may ask. Well, if you are not part of the solution, could your silence be part of the problem? Decide not to be part of the problem!

REAL MEN DON'T HIT WOMEN!!! It's just not ok.

For the female, this decision is not only about you. It is really about what is healthy for your children to see. Is this the toxic environment to which you have decided to subject your children? For the male, please see the potential damage that your actions could trigger in your children and make a decision to be a real man. **REAL MEN DON'T HIT WOMEN!!! It's just not ok**...

APPLICATION CHAPTER 4

1. **Ole school said, "Children are to be seen, not heard." Grown folk conversations...**
2. **You will wait until I am finished talking to ... "say excuse me."**
3. **When my then 16-year-old son said, "It's not ok!"**
4. **Train your children to appreciate what you cook, how they live, and what they wear!**
5. **Give an example of when you taught someone how to treat you... good or bad.**

CHAPTER 5

TAKE CARE OF YOUR BODY

I have lived long enough to be able to say this with some degree of accuracy. "If you take care of your body, your body will take care of you." Of course, there could be many who might disagree with me. I have great compassion for those who have eaten healthily and been faithful to exercise. Still, some debilitating disease or condition came upon them.

For most of us, I strongly believe it is extremely important to decide to take care of our bodies. I believe that it may only happen at a point of decision. Be advised… a multiplicity of consistent right decisions must support this one crucial decision. Please understand that when you decide to "Take Care of your Body," many distractions, excuses, deterrents, and discouragements will arise. Many abuse their bodies by consuming a lot of destructive foods. Nature takes its course, and then the body is not able to process the complex materials. When the damage is done, the body begins to break down and sometimes even die sooner than it had to.

Early in my life, I decided that fitness and health were very important to me and that I would make exercise and weight-lifting a part of my life. Moreover, I believe that as I lead my family, if it is not essential to me, it may never be important to the ones that I lead.

At age 28, I decided to use one of the rooms in my home to create my own gym or workout area. It is called "The House of Pain." I had a wooden plaque engraved that was placed above that door, challenging me every day to get my body in there! The old slogan "no pain, no gain" comes to mind.

Living with vision is what I call it. Many years ago, I decided that I wanted to travel when I retired. I want to see the world, and I don't plan on dragging an oxygen tank around if I can avoid it. Well, avoiding it means **"I have to be willing to do whatever I have to do in order to have what I say that I want."**

I am impressed with and would like to share, one man's personal journey that I know will be very fulfilling. A co-worker whose work ethic I have admired recently decided he was tired of lugging around his old spare tire—a big ole belly. I don't know much about his inspiration. I only know that I have watched him for years put junk and poison in his body. There were times when I would cringe in my mind as I watched him consume large amounts of fast foods and sodas quite consistently and without apology. You'd have to know him, and he doesn't apologize for much of anything! He is a highly opinionated kind of a smart alec—a jaded big mouth.

He and I have never been on the same team, but I work a lot of overtime, and he does even more. Either I worked in the building where he was assigned, or he worked at the building where I was assigned, or we were both working overtime in an unassigned building. Recently, I heard of his new quest, and then I got to see it in person.

I have to be willing to do whatever I have to do in order to have what I say that I want.

He was eating salads and fruits, adopting a much healthier diet, so I took the initiative and decided to let him know that I had noticed and wanted to compliment him on his decision. I told him in person that I felt that he would live a lot longer. His children would have their father around longer, and his wife would get to kiss his ugly mug for many more years because of his decision. I informed him that his name was well known and respected at our workplace due to his extensive work, and he is known for his great work ethic. His daughter is respected and experiences favor because he is her father. His expectations of her are high because of how he has set the bar.

These are the benefits of being a good father. However, the untimely loss of him due to his selfish decision to continue abusing his body would be a tragedy that he could leave for them to carry. You see, men, the decisions we make may affect everyone connected to us! We often leave them paying the price for our selfish and inconsiderate lifestyles. This man has decided to give his family a better him. He has decided to give himself the gift of better health and a longer life. These are just a few of the benefits and results of what happens when we decide to "Take Care of Our Bodies."

We can only control the things that we can control, and that, we must do!

I would like to take this moment to encourage and inspire every man to make this decision. I believe that far too many good men die way too soon. **We can only control the things that we can control and that we must do!** Our wives, children, for some, even our grandchildren, and communities are counting on us. Our places of employment are better because of us. We must "Take Care of our Bodies" so that we are always ready to give all of them the very best of us.

APPLICATION CHAPTER 5

1. **Have you made this decision to take care of your body?**

2. **Distractions, deterrents, discouragements**

3. **Partner up for accountability.**

4. **Living for them … it's Legacy!**

CHAPTER 6

CHOOSE LIFE!

Shakespeare said, "Life is a tale told by a fool, full of sound and fury signifying nothing." People all over the world know and agree that he had a way with words. I will never claim to command the English language with such expertise, nor can I explain the complexities of all that William Shakespeare meant to communicate with the prior statement. What I do know is that I consider life to be precious and that it is fleeting.

It seems like just yesterday that I was a young man with a baby. Now, my baby has babies and is nearly 35 years old! The years seem to have rushed past, and all of a sudden, in the blink of an eye, I find myself at 60 years old and planning to enter into retirement soon. I dare not attempt to take William Shakespeare to task and disagree with his statement, but I will say that I truly desire to live this life to the best of my ability and make it as complete and enjoyable as possible. This is what I mean by the title of this chapter: "Choose Life."

There are many paths along the way of life. Many choices herein that must and will be made. Most of us have discovered that failing to make a decision often becomes the decision that leads us to wherever we end up. Sadly, some choose to enter a life of drugs or alcohol, soon finding that the entryway to a terrible, almost inescapable trap. Once in, life takes terrible turns, ending in relational turmoils, jail, domestic disputes, and for some, ultimately death—impenetrable walls of pain and blame. Loss of possessions and financial penalties are just a couple of the sad realities of what I would say is the opposite of choosing life.

To choose life means to make the necessary decisions that will hopefully result in happiness and freedom. In my opinion, life should be lived to the fullest. Joy and happiness move along quickly, so we must choose to enjoy them for as long and as often as possible. Choosing to enter into a drug rehabilitation facility so drugs and alcohol lose their destructive grip on one's life is Choosing of Life!

To leave an abusive marriage, in my opinion, is "Choosing of Life." An incarcerated man who decides to better himself, to leave the life of crime, and to become a contributing member of society would constitute "Choosing of Life." By no means do I mean to make light of these complex decisions.

I had to make a decision to be a good man, father, and husband.

Sometimes, the quality of what life becomes is a decision. Choosing life is all about the quality of life. The quality of life is not necessarily something that we are born with. Yes, some are born with the proverbial "silver spoon in their mouth." This means they were born into families that always had money. That does not determine the quality of life because I have knowledge of many well-to-do families whose children are terribly hooked on drugs.

Then there are those of us who didn't have the best example from our fathers, some of whom weren't there at all. Some don't even know who their father is! Yes, I do feel that fathers can play a critical part in the functionality of their children, but for that instance, so can their mothers. None of us can honestly blame the quality of our lives on our parents. Yes, and again, parents can and should play vital roles in our lives, but just like with real physical handicaps, we all have the responsibility to improve and manage our lives. **I had to make a decision to be a good man, father, and husband.** I had help along the way from both men and women, including my wife and my now-deceased mother. It was hard work. I had to commit to it.

APPLICATION CHAPTER 6

1. **Choose to be positive and have a good attitude.**
2. **The years really do fly by!**
3. **It's going to be what you make it!**
4. **Dr. Phil said when you choose the behavior, you choose the consequences.**

CHAPTER 7

TOO OLD TO HAVE BAD DAYS

Life is a series of decisions indeed. One of my better and more recent decisions is this, and it has become a quote that I find myself repeating to people at any age and every season of life. I can't say that this is true for everyone, but I do believe it is applicable to most.

I not only truly believe it, but I also had to reach a point in my life where I genuinely believed it before it became a decision I made very intentionally. It has now become a nearly everyday part of my verbal confession.

Your enemies don't have a voice until you give it to them.

You know how it is when you come into the presence of certain people, and the very common question is, "How are you doing?" Most people who ask don't really want to know, but there are a few who are truly interested in knowing. Whether they really want to know or not, I am known to say, "Well, I'm too old to have bad days." This doesn't mean I'm exempt from bad days, but rather that I've decided not to dwell on negative, trivial matters or people either. The truth of the matter is that **your enemies don't have a**

voice until you give it to them. That, again, is a matter of decision.

When you think about it, is there really a decision to be made here? Does it make sense to give your enemies a voice? You may need to decide that there is no decision to be made in this situation. Realistically, now, why do we so often give our enemies a voice? This really doesn't make sense. It's something you'll want to stop doing.

I have decided this is a true statement for me. I really don't consider myself to be old, but I am too old for bad days. It is true for me because being close to sixty years old has my head spinning. I mean, it feels as though I just blinked, and the years from 20 to 50 were gone. Realizing how quickly time has passed from then to now is the reason that **I am too old to have bad days!** I know that I have more life behind me than I do in front of me. This means I can't afford to waste time on anything that isn't beneficial for me. I am not planning on dying or anything, but I do intend, very intentionally, to make the days ahead as joyful and pleasant as possible.

By the time you are reading this book, I am likely retired from my former occupation as a Corrections Officer. I have been in the business of helping to rehabilitate and create better men. Many say that jail does not accomplish this, and I generally agree with that. However, I take my job very seriously and live up to my title as often as I have the opportunity. You can believe that I see men of various ages every day. I especially share this thought with the older men whenever I get the chance. I try to help them see that time is getting away from them and that their poor decisions have resulted in them having bad days. But better decisions make for better days.

To the younger men, I do my best to stress that as it seems, they will blink their eyes, and their youth will be a thing of the past. Time is opportunity. Time is a precious commodity. Wasted time is wasted opportunity! Life and time are very precious and fleeting commodities. For most, once these are gone, they can seldom be recovered. So be wise and use them to your benefit. The wisdom of this undertaking will pay many wonderful returns.

I am too old to have bad days!

I am also very careful not to take insults or name-calling personally. In my profession, it is pretty common to be cursed at and even assaulted. Refusing to follow directions, engaging in fights, and a host of other jail violations can easily result in an officer having a bad day. If officers aren't very aware, they may allow any of these things to have an effect on their attitude or the way they take care of their job duties. Partly due to my older being, I try to remain very aware and determined, ensuring that no one's actions, words, thoughts, or feelings impact my decision to have a good day. It is my personal decision, and I'm sticking to it. I'm too old to have bad days.

APPLICATION CHAPTER 7

1. **What is the point of the title of this chapter?**
2. **Repetition is re-enforcement... when said enough, one starts living it!**
3. **Does it make sense to make a decision to have a bad day?**
4. **Make it a point to live in a way that keeps negative things said of you untrue.**

CHAPTER 8

TO BE A MAN OF INTEGRITY

In "the good ole days," a man's word was his bond. If they shook hands on an agreement, that was usually enough for people to feel comfortable that promises would be fulfilled. Sadly, those days are gone. That was what we called integrity. My definition of integrity is doing the right thing, no matter what!

Many are imprisoned by these unhealed wounds and unforgiven events.

Being a man or a woman of integrity does not usually just happen. Often, in our lives, we determine or decide how we will behave. We can usually control how we act. In my opinion, an individual's character is largely the result of their decision. You don't just have to be mean and nasty! None of us were just born rude! Character is defined as "the mental and moral qualities distinctive to an individual." (ref: Oxford Languages)

This leads me to believe that by means of a decision or a series of decisions, men and women can be better. **We can** decide to change. **We can** control our morality. Since our behavior indeed follows our belief systems, I may need to reflect on my life circumstances to see where my belief system was altered or damaged. I am a firm believer that hurts, disappointments, and other painful events can cause an individual to have a damaged belief system. **Many are imprisoned by these unhealed wounds and unforgiven events.** These wounds may go undetected for years, but know this: they always seek an exit! Some may not even be aware of why, years later, they become addicted to drugs, sex, or alcohol.

One of the decisions that I think is extremely important is that we really take care of ourselves. It is not a selfish decision to take care of yourself first. You see, if you don't take care of yourself, there's a possibility that you won't be around to take care of anyone else! Taking care of yourself means if you need a therapist, get one! It is not a bad thing if you need help! As a matter of fact, it is good when you can admit that you need help. We all need help at one time or another. As a black man, I must admit that as a person of color, somehow, I grew up thinking that people who went to a counselor or a therapist had to be crazy; now, I think you would almost have to be crazy not to do so.

Telling the truth is a necessary element of integrity. Telling the truth to oneself is imperative because a person rarely behaves or acts in a manner that contradicts what they truly believe. A person whose behavior is inconsistent with his/her belief system is likely confused or possibly even delusional.

So be sure you believe what you say, then do what you say you are going to do. Be where you say you are going to be, especially if you have given your word to your child or children. They will not forget. Your word is you, and you are your word. If your word is not trustworthy, then you are not trustworthy. One of my original quotes at the front of this publication reads: “Since we know that you are not going to do what you say, perhaps you really ought to consider doing what I say!”

The latter is a sarcastic way to try to get people motivated to keep their word. I hope you’ve decided that the above quote will not be an accurate phrase that describes your behavior.

APPLICATION CHAPTER 8

1. **My definition of integrity is...?**
2. **How would you say one becomes a person of integrity?**
3. **Why is it important to do what you say you are going to do?**

CHAPTER 9

SECOND CHANCES

One famous line from the movie Forest Gump is, "... life is like a box of chocolates. You never know what you're gonna get." I think there is a great degree of wisdom in the quote, and yes, I am a simple-minded man. I would like to publicly say that I agree with the statement. One thing I know is that second chances are not guaranteed. Sometimes you get one, sometimes a few. Others don't seem to get any second chances. I think it is a wonderful thing when a second chance is granted or seems to happen. I do my best to live life to the fullest because death is final, and life is short.

Most would agree that they may have done things differently if given a second chance at a given thing or decision. This is the reason why thinking is so very vital. We must make a better effort to think things through as we exercise the power of decision. In many instances, it would be a good idea to think things through to several different conclusions before making final decisions.

Choosing when to speak and when not to speak is a decision that can have both wonderful and dire implications. Some call this choosing your battles. The older I get, the more opinionated I become. I have recently come to accept the fact that I really don't always need to voice my opinion. My opinion is just that … it is mine. Usually, when people don't ask for your opinion, they really don't want it. This chapter is about regrets. You know, those things that we did but wish that we had either not done at all or that we had done it differently.

When I consider my college days, I have many regrets. Most of my regrets stem from how naïve and immature I was back then. I was unaware of many realities. As a Christian, my naivety kept me out of a lot of trouble, so there are two sides to this coin. There is an old adage, "Ignorance is bliss." However, it depends on the area of ignorance because what you don't know can kill you!

I had not lived long enough to appreciate the brevity of life. My mother, who has gone on to her rest, was an avid writer. She wrote me at least two letters per week. Well, I was her baby. She referred to me as "her speck of joy in this troubled world." I did not like to write, reasoning that I had enough writing to do with my college reports and essays. I would wait for the 2nd letter, knowing it was coming, and then answer both in my single letter to her.

She once told me that she expected a letter written to her for each letter she wrote to me. This is the one decision that I so regret! I also wish that I could have a second chance to make this decision. I should have written as often as she wanted because now, I miss her so very much. She has been gone now for more than 24 years. I regret not being a better listener. She would lecture me about life and girls and God and everything. I remember wondering if it was possible for her to "shut up." If only death hadn't silenced her.... Now, of course, I wish I could hear her sweet, empowering, and inspiring voice again. She told me I could do anything, even be the president of the United States if I wanted to … now, I can't say that I regret not pursuing that statement of hers.

I play the saxophone to this day because she wanted me to. I regret not learning guitar because she wanted me to learn that instrument. If only I could have a second chance to do that. Of course, I could learn to play it now, but she's gone. For me, the joy of accomplishing that task ended when she passed in May of 1999. I would hope that perhaps you could benefit from this point. You have certain loved ones in your life right now who may not be here as long as you would like. Live your life in a way that you know would honor them while they are alive to receive your gift of love.

My mother-in-law lives with my wife and me. This is another second chance for me. I had plans for my mother, but before I could implement them, the Lord called her home to be with him. My mother-in-law is a very positive part of our lives. She is helpful around the home, and she is a joyful person. Some of the "plans" that I had for my mother, I get to live out with and for my mother-in-law. We get along very well. We call ourselves "The Three Musketeers."

There are things in life that we can’t do. Then there are things that we could do but just don’t. These quickly become the things that we should have done but just didn’t do. Now, we wish we had a second chance. These things matter, but what matters most is that God gives us second chance after second chance. He has given us so many chances that it would seem that He can’t count. I don’t know how many second chances He has granted me. I also can’t say how many times I have blown it. I do know the Bible says, “... my spirit shall not always strive with man.”

Many second marriages suffer because people tend to bring the pain and dysfunction of their prior relationships into the next marriage.

I am in my 2nd marriage. I made many mistakes in my first marriage. I think I am getting it right this time. I am careful to do things differently. I am grateful for a second chance. Those who are truly grateful make a point to do things differently. **Many second marriages suffer because people tend to bring the pain and dysfunction of their prior relationships into the next marriage.** I am blessed to say that this second chance is a very comfortable and loving one.

APPLICATION CHAPTER 9

1. **You'll never have a chance to be undecided about what you've decided.**
2. **You never get a chance to unsay what you've said.**
3. **You don't always have to voice your opinion; as a matter of fact, it's probably best not to.**
4. **The joy and power of accomplishment could end with the passing of the person who inspired you.**

CHAPTER 10

STRONG PEOPLE MAKE DECISIONS

Against all odds, I made a decision to be a good man. I saw some good men at church when I was young, so my template was set. I made a decision to be a good husband. By God's grace, my wife's life is better because of that decision. Then, I made a decision to be a good father. Because of that decision, my son is blessed to be living out the prayer that I prayed for him when he was only eight years of age. Today, he is a father. He is the man that I prayed he would be, a better man and musician than I ever hoped to be. These are just a couple of simple proofs of the power of decision! I say against all odds because, like so many men, **I HAD TO MAKE A DECISION NOT TO BE THE MAN THAT MY FATHER WAS**.

It is very easy to avoid the responsibility that comes with being strong. Strong people are often depended upon and asked to do things that others just won't do. When it comes to making decisions, one must be willing and prepared to face disgruntled and negative reactions from those who may not get their way because of your decision.

I had to make a decision not to be the man that my father was.

I find it quite interesting how terribly immature people can be when they don't get the answer they want or get to do what they want when they want to do it. As a Jailer, I have many references to pull from. One such reference was when a female inmate wanted to take a shower, but it was not her turn to do so. She lied to manipulate the situation. She claimed it was that time of the month and that she had bled all over her sheets, needing new sheets and all of the necessary items. I told her that I could not let her out to shower, but I would do all that I could to help her.

I arranged clean sheets and all of the things that she needed. Keep in mind that all she wanted was to have her way to take a shower right then and not wait for her turn. She spilled water from her sink all over the floor, all over the clean sheets, and threw them out of the food chute, which I had left open. She also scattered food and trash on the floor outside of her cell to express her displeasure and her immaturity.

When I returned and saw what she had done, I quietly closed all of the chutes in the unit and did not say a word to her. I was quite shocked but more disappointed. I made a decision to be bigger than the situation and remain the mature one. I made a decision to clean up the mess that she had made without a word of rebuke or complaint.

So often, we allow ourselves to be pulled into confrontations and drama when, in fact, a very simple (although not always easy) solution is to make the decision not to allow oneself to be pulled in. One of my original quotes, located at the front of this publication, is, “I am too old to have bad days.” The more I think about my quotes, the more I realize many of them are principles that I have “decided” to live by. Those principles and decisions have helped to make my life less conflicted.

I encourage you to establish or adopt a few principles that will un-complicate your life. You can do it, and you deserve it. Life and time seem to be moving faster now than it ever has before. You really don’t have time to be at odds, especially when living is challenging enough. Peace and tranquility are at a premium these days, but you can afford them. The cost is much more minimal than you ever dreamed. It will only cost you a decision. There is strength in decision-making, which yields great fruit. It happens when one stays true to the decisions made. Stability, reliability, confidence, and being a preferred company are only a few.

APPLICATION CHAPTER 10

1. **Weak people struggle in-decision.**
2. **My son, who is over 30 years old, is now living out much of what I decided to pray over him when he was only eight years old! What a legacy!**
3. **You can make the decision not to be pulled into confrontation and drama!**

CHAPTER 11

CONFRONTING DYSFUNCTION

I would like to begin this chapter with the following disclaimer: This chapter may prove to be one of the most confrontational chapters in this book. (If the title wasn't clear enough, confrontation is coming!) Perhaps this is a proper principle, or maybe it is a justification for my beliefs and their expression. I am concerned about how dysfunctional behavior seems to have become more and more pervasive in and seemingly acceptable to this generation. It seems to me that the number of entitled individuals is increasing at an alarming rate. Narcissism also seems to be stronger than ever. I am increasingly worried that a growing number of people are feeling justified in displaying these dysfunctional behaviors.

Dysfunctions have various real origins and manifestations. So often, these and other negative attitudes are passed on as generational curses and are allowed to linger, persist, and be passed on again and again. I believe that bad behaviors are often unintentionally permitted because, too often, they go unchallenged and un-confronted.

When dysfunctional behavior is not confronted, it can very

easily become the norm. When you neglect or fail to confront it, by default, you give permission to that bad behavior. This not only allows these dysfunctions to continue but practically encourages them to do so.

It is not only my belief that we teach people how to treat us, but certain ones of us find ourselves in positions to teach people how to treat others. There is a responsibility that falls on the shoulders of fathers, mothers, parents – indeed, on anyone in any kind of leadership position.

What now are the areas of your influence and responsibility? Could you, by default, be teaching persons under your leadership that bad behavior is okay? You may not be suffering as a result of your possible negligence, but rest assured, it is very likely that others could be tolerating the effects.

For example, parents have the responsibility to teach their children that it is not ok to hit other children (amongst the many other things that parents are to teach). In like manner, pastors have a responsibility to teach (not to control) members of the congregation to behave as love-motivated persons. Just as it is said, "leadership has its privileges, leadership has its responsibilities. You may or may not agree, but the Bible says that "the man is the head of the wife..." (Ephesians 5:23) **I believe that headship,** in this sense, **does not mean to lord over or control but to lead as one**

motivated by love.

Part of leadership is teaching, modeling, and setting a good example for those who may be compelled to follow. So then, husbands have a responsibility to confront and lovingly address any developing or established dysfunctions that may be manifest anywhere or in anyone within their given areas of leadership. It is so much easier to ignore and avoid confrontation. One of my quotes states that confrontation is often uncomfortable but more often effective.

I believe that headship, does not mean to lord over or control but to lead as one motivated by love.

I would like to go on record as having issued the challenge to step in, stand out, and speak up! You don't have to be one of the many who give consent to dysfunction by not confronting it.

APPLICATION CHAPTER 11

1. **To not confront dysfunction is to give _________ to it!**
2. **I believe that it is the responsibility of the functional to confront the dysfunctional.**
3. **Bad things often happen when good people stand by in silence!**
4. **If you are in any capacity of leadership, what is the purpose of your being there?**

CHAPTER 12

A WISE INVESTOR

The wisdom and purpose of working for money are to make money work for you. Just as this is true, **a wise husband (investor) truly invests (builds) into his wife.** He understands the biblical principle: "He who sows sparingly reaps sparingly, and he who sows in abundance also reaps in abundance." (II Corinthians 9:6). God's principles work, but not only with respect to spiritual things. God's principles work in the financial world and in the relational realm as well.

Wise men make wise investments. Your wife is a worthwhile consideration, sir. The years that you have been together should be considered precious time invested. You should also include all improvements that you have made to your home. Your credit has been and will be affected either positively or negatively by this investment. Children, cars, pets, and material possessions will likely be affected depending on how you regard this investment.

A wise husband (investor) truly invests (builds) into his wife.

If a chosen investment portfolio is consistently not

performing, one may need to change the way the investment is structured. This doesn't necessarily mean exiting the portfolio immediately. Change the way it is structured! Could you be the reason for the poor performance? We so often look to play the old blame game, but when we point one finger, there may be multiple fingers pointing back at us. Everything that is growing is changing! Maybe it is time for us to change. Maybe the thing that is wrong in the equation is that I just need to grow up…

The proper position of a man (or a spouse) in being faithful can serve as a springboard for a decision that produces security for the return on his investments. In my case, I have chosen to be heavily invested in my wife's life. By God's grace, I have been instrumental in helping to make decisions that have made her life better. Conversely, the returns on my investments are coming to fruition and are blessing me in wonderful ways. My wife has helped me to become a better man. She is stronger and wiser because of me. Her newfound strengths and wisdom have and will continue to benefit me in so many ways. What a wonderful return on investments! In the financial world, they call this "ROI."

This is the real circle of life.

When you choose to use your life to make others better, and having so done, seeing those lives blossom and bless you back is just a wonderful way to live. But don't be fooled; this comes by decision and not by chance. This is intentional, not mere happenstance!

I believe that as men, our decision to be faithful to our wives has much more to do with us and our own sense of security than we have ever really understood. Yes, she is more secure, but you see, I feel much more secure and comfortable about my life and my future, knowing that all of my investments are secure and that I will benefit from the returns.

I think it is true that when a woman is secure, things around her often do much better. But when a man makes the decision to be a faithful man, the greater establishment of his much-needed security comes from within. Comfort, relaxation, and confidence are the fruit of this God-ordained decision. It is so awesome how God's requirements of us are as they are because He knows what is best and desires only that for us.

There are many women who have been broken by the unfaithfulness of men. Their trust has been destroyed, and all because of the selfishness of men who wanted to have their cake and eat it too! Yes, the grass does seem to look greener on the other side, but is it really? This illusion has ruined many families, and sadly, children are left to pick up the tab… THIS IS NOT RIGHT, IT'S NOT FAIR!

A broken, hurting woman is not at her best for her children.

She may even be toxic to them, and again, many times, men are at the root of the hurt. Remember, sir… "hurting people hurt people." Your children are left in the crossfire of the war that you may have started. I am not excusing the woman, for when she is wrong, she is just wrong! I just don't want women to be able to point at us men and honestly claim we are the reason that she is so broken.

I want to encourage every man to be part of the solution … not part of the problem. Everyone that is connected to us is affected by the decisions that we make. So, we must make better decisions. We have the power of decision!

APPLICATION CHAPTER 12

1. **A wise man not only invests money but also into relationships (people)!**
2. **When investment portfolios aren't producing, it makes sense to move or to change the method of investment. Sometimes, even to discontinue said investment.**
3. **Your marital investments should be Security (for the man) and Admiration (for the woman)**
4. **When you hurt your spouse, they may well, in turn, hurt your children because…**

CHAPTER 13

THE LESS STRESS LIFE

Many of the stresses in life are far more manageable than we think. In many instances, this can also apply medically. Some of these may even be avoidable! What is the problem? Could the problem be that we make poor decisions about food, and then when consequences come, we complain and want sympathy? I have a friend who seems to have coined the perfect phrase, "trauma." This is a terrible combination of "stress and drama."

We often fight the wrong fights. **We engage in fights that are pointless, where there's no trophy to be won.** Have you ever heard of two women getting into what I call a "catfight" over the fact that a man was unfaithful to his girlfriend? How much sense does it make that she goes to confront the other woman? A fight ensues, and it might even lead to jail, with the man being the real culprit! The other woman didn't really owe anything to the girlfriend. The man often gets to watch or hear about the catfight and has no consequence at all. This should never be. This represents unnecessary stress when a less stressful path could have been chosen.

We engage in fights that are pointless, where there's no trophy to be won.

Life happens, along with its unfair share of complications, hardships, and pains. What makes no sense to me is that I would add to the stress. No! Not if I could avoid the negativities. There are so many things that we can do to lessen the stress in our lives. Working out, running, painting, coloring (which is one my wife has chosen), walking, hiking, and biking, to name a few. You see, as the title suggests, it all begins with making a decision. Well then, one would also have to commit to the decision made.

I must confess (my wife will love this) that scheduling one thing on top of another can also be a source of unnecessary stress. This has become a hard habit to break for me. Somehow, in the back of my mind, I feel that I can get five things done in a day when, in fact, I may be off from work the next day. So why try to get all five things done? I really do have time at my disposal if I just use it. When I try to talk myself into doing two of the five things tomorrow, my brain says, "Just get it done, do it now!" The truth is I don't have to get it done today, nor do I have to do it now!

This hustle-and-hurry world has got us moving around at warp speed. Many of us would really benefit from just slowing it down. Now that he is retired, one of my best friends says he only does what he wants to do. He was a pastor before he retired. In that position, he often found himself doing tasks for others just because they needed them done.

Music is something that may be taken for granted when it comes to reducing stress. I am a musician and a singer, and I love to sing. I enjoy it and have decided that it is a part of my therapy. Whether it's karaoke, being part of a worship team, or any other singing opportunity, my stress is reduced. Because I sing, it is very difficult for me not to sing along. The musician in me finds my hands and fingers moving when I hear music. I find this to be a great aid in stress management.

People pleasers may well be stressed. I don’t think it is wise to always try to please people. That is a lot of pressure. That would be a lot of stress. People pleasers want to say yes to everything and everyone. The truth is that one simply cannot say yes to everything. The discipline of being able to say “No” is a skill worth developing. For some, keeping conversations at a 'surface level' can help manage stress. This is helpful when the person is someone you genuinely care about, but you know that some of the decisions they are making will turn out badly. You must learn to say what you need to say, knowing that they are not going to take heed. You will have to let them be who and where they are. If you don’t, the only person who will be miserable is you. People are going to do what they do and are going to be who and what they are.

This calls to mind a sermon that I ministered many years ago. I titled it "P.M.D." When I announced those three letters as the title of the message, as you might imagine, many in the congregation looked up at me with a puzzled look on their faces. I mentioned that I knew I had their attention, and then I went on to reveal what each letter stood for (this is called an Acrostic). "People Make Decisions" was the revelation. This sermon had the following three main points:

I have discovered that trying to care more about people and their problems than they do just doesn't work.

1. I am not responsible for the decisions others, including my loved ones, make.
2. I must refuse to accept responsibility or carry guilt concerning decisions that people make.
3. Their decisions may hurt me, but they hardly ever hurt me as much as it hurts them.

These points may sound rather harsh and unconcerned. **I have discovered that trying to care more about people and their problems than they do just doesn't work.** Wisdom of this sort is why I am now able to enjoy a "... Less stressful life." If you do some of the things I've done, you, too, can improve the quality of your life. I think you owe it to yourself. After all, it is your decision.

APPLICATION CHAPTER 13

1. **You can't make bad food decisions and then complain about bad food consequences!**
2. **What is the combination of Stress and Drama?**
3. **Stop scheduling yourself into stress… if tomorrow does not come, it would matter anyway.**
4. **Be nice to you! Do for you what decreases your stress.**

CHAPTER 14

THE ASSOCIATED COSTS

I think we are often guilty of wanting to take our hands off the proverbial "steering wheel" of life and not take responsibility for where we end up. The truth is we are where we are because of decisions we have made or have tried to avoid making. Avoiding a decision then becomes THE DECISION for where we may find ourselves. **Good Thinkers make better decisions**, but we don't make sound decisions when we stop thinking. This is why the car runs off the road and into a ditch. When that happens, we don't get to honestly question, "How did I get here?" I failed to control the direction of the car, and now it is in the ditch. Many times, I am the only one responsible for the wreckage because I didn't think!

Good Thinkers make better decisions.

I am concerned that many people make decisions but don't seem to understand that there may be costs associated with their decisions. Some perhaps simply don't care what those costs might be. It would be nice if we could always determine or predict the costs upfront. As responsible people, it would be best if we committed to the possible costs before making a final decision. This is also why we should not make hasty decisions. We need time to do the necessary research so that, at the very least, we have an idea of some of the possible associated costs. In the game of football, taking a hit from the blind side can be a painful experience. Time itself can be an associated cost that we often don't consider, especially when it comes to time spent with our loved ones. The cost of wasting precious time can be greater than anticipated, but once we have lost that time, especially with our loved ones, we have to pay the steep price. It is a very painful price to pay. We just don't consider the cost.

It's like going to an expensive restaurant and eating half of the steak, then complaining when they suggest that we should have to pay for it. There is a cost associated with doing things halfway. We will be charged as if we ate the whole steak and we will probably have to endure all of the consequences for the short-sighted decisions we've made. One potentially devastating cost is the loss of relationships. Have you heard the old saying, "Time is money?" Well if you generally agree with this, then why do we waste time being disconnected from those we love? Sometimes, we allow petty little things to cause great distances between us. Disconnection for days turns into weeks, then months, and maybe even years! Please understand that the time lost can never be recovered. We resist or ignore the power of a simple "I'm sorry, I was wrong," and the associated cost, due in full, is the regret for time wasted in strained or, even worse, irreconcilable relationships. What I really find sad is when there has been no confrontation, but bad feelings and broken relationships are based upon incorrect perceptions. May I say it is wise to have a conversation about what is perceived because what one may perceive may simply not be true at all? Sadly, for some, it takes an illness or even death for loved ones to come around.

I contend that once a man or a woman has children, "their lives are over." (By this I mean being self-centered needs to stop!) That is my opinion, and what I mean by this is the decisions that we make will likely affect everyone connected to us, especially our children. I feel very strongly that once we become parents, our lives should be all about what we can do to make the lives of our children better! This is what I call parenting with purpose!

It is wrong to be irresponsible and leave your bill to be paid by our children or by anyone other than the one who made the bill. For instance, when a woman becomes pregnant, she has decided to share her body with the child or children for up to nine months! During this time, I think it is selfish and even a crime for her to think that she can drink alcohol, do drugs, or anything else that may result in an associated cost that is left for the child to pay! The child may have to pay by being afflicted for the rest of his or her life! It is not fair, and, to me, it seems very selfish. The same rules apply to a man who fathers a child and then decides to commit crimes or do anything that could result in him being removed from the responsibility of life that he helped to create. I consider it a form of child abuse!

Many times, I am the only one responsible for the wreckage because I didn't think! Not thinking can be costly, carrying a real associated cost. I think you'd agree, and it's called consequences. But of course, we live in a time when many simply refuse to be responsible. Too many children are raised without consequences, leading to the associated cost of that kind of upbringing. The child pays later on in their life.

APPLICATION CHAPTER 14

1. **There is an associated cost for taking your hands off of the "steering wheel" of life.**
2. **The associated cost for a past non-decision, is that it may be the reason for your now!**
3. **The cost of doing things halfway is that, then, you are responsible for the whole thing!**
4. **Children often pay the associated cost for parental reckless rearing!**

CHAPTER 15

SEE SOMETHING/SAY SOMETHING

In jail, or to use the politically correct term, in the incarceration culture, to do what the title suggests would be considered "snitching." The only reason that I make this reference is because I work in a County Jail. To be clear, I don't have any other association with jail culture. I'm trying to say that by God's grace... to date, I have never been incarcerated. Now, I don't consider myself better than anyone; It only means that I am better off because of better decisions. **You will be better off because of better decisions!**

In a broader context, if we see a criminal committing a crime or are aware of the criminal activity, we have a duty to report it or to say something. However, that is not the focus of this writing. The focal point of this chapter is rather introspective. Webster's dictionary says that to be introspective is to examine one's own thoughts and feelings.

You will be better off because of better decisions!

This activity brings a necessary awareness and is very healthy. I am concerned that many people often neglect this healthy activity. It seems that the state of self-awareness has become rare.

We seldom spend time alone with ourselves. We need to contemplate why we do what we do and why we feel what we feel. This unawareness allows our behavior to go unchecked. We react to certain things without really understanding our own reactions. The reaction may have been connected to a memory or even a painful event that occurred in our past. Buried and almost forgotten, then, in a moment, the experience is re-lived. The pain is just as fresh as ever. Perhaps it was buried and unspoken? Hidden because it was forbidden? Well, ok, and if so, now is the time. Better late than never. What you are seeing in your actions may have a very real basis, so "Say Something!"

Your mental health condition may be crying out for attention. Even if the memories are false, the feelings aren't. They must not be ignored. If a decision is made in the past, "not to tell," maybe under force of threat, the pain will not go away. To shoulder the pain or the shame is just unhealthy. I encourage you—if this has touched a tender place in you, it was meant to. Don't just sit here at the gate and die. Get up and live! If you're seeing something, you need to be saying something! If you're feeling something, you should be doing something!

Prior to recent years, I was not really big on the idea of going to a Counselor for counseling. I hit a wall in my career that caused me to change my mind. I am so very a PRO of Counseling nowadays because it was very helpful and beneficial to my well-being, contributing significantly to my health today. You deserve to just "Get it out!" Say it out loud! Hear yourself admit it, confess it, reverse it! Make this decision so that you cease to rehearse it!

For married persons, I would like to suggest that your mate is, very likely, one of your best accountability partners.

There is yet another focal point of this chapter. It is accountability. **For married persons, I would like to suggest that your mate is, very likely, one of your best accountability partners.** I challenge you to hold and discipline yourself to be open, vulnerable, honest, and accountable with your partner. This will give you a freedom that is so comfortable. It will enhance your relationship with wonders of intimacy that you may have been longing to experience.

How can I share that wisdom so convincingly? I can because I did what I am suggesting to you! It was one of the greatest decisions that I have ever made! My wife and I are even better friends now than I ever thought was possible! You can be better than you are. Your relationship can be better than it is, but it won't happen on its own. It will happen, but only by decision!

APPLICATION CHAPTER 15

1. **Your level of awareness…how you "come off" why you do, are you angry, why, at whom?**
2. **Don't ignore your elephant … address it!**
3. **Unaddressed pain/hurt will seek and find an exit. (Rage, alcohol, suicide, drugs)**
4. **Open and honest accountability with your partner is a beneficial discipline… challenge.**

CHAPTER 16

RELENTLESSLY FIGHT FOR FAMILY

These days, few would question the fact that "the family" is under attack. Divorce rates in the church have surpassed the divorce rates of secular society. The value and importance that was once placed on family has been greatly diminished. What used to be known as the nuclear family has undergone many changes and, in many ways, simply does not resemble what it once did. The family was once defined as a man, a woman, and a child or children, which is no longer the definition in the minds of many.

Today, the appearance of a family looks so very different than it did in years gone by. Gay marriages have been legalized in many states. A family today could be two men or two women raising a child or children. Now, courts have ruled that medical plans often cover "alternative lifestyle partners."

What was once the norm seems to be fading fast. What was thought to be immoral has become normalized, defended, and encouraged. I have nothing against gay or lesbian people or the LGBTQ community. I am not a homophobe. I believe that we should love and treat them as people for whom Jesus suffered and died, just as he did for any heterosexual person.

While it is clear that I do not condone that lifestyle, they should not be bullied or attacked for "choosing" the life they have chosen. God is the judge, and we are not. Instead of fighting against them, we would fight a better fight if we were totally engaged in the fight and for the family—relentlessly!

What if fathers really took pride in raising their children to be fearless and faithful? In order to do so of course, fathers would first need to live fearlessly and faithfully. What a thought: fearless and faithful men. I've just issued a challenge to both you and me! I hereby challenge us men to live fearless and faithful lives! Be a man whose life models and shapes the minds and morals of tomorrow's leaders. The children are our future!

We should be speaking character and integrity into our children's lives every day. I mean, we should do this through our actions, not just our words. This is crucial because it is often difficult for our children to hear what we are saying and see what we are doing! What if, instead of engaging in barfights, men fought to be involved in every event, age, and stage of development and growth that our children experience? Wouldn't the world be a better place? The jails would be less crowded. Our streets would be much safer. Our neighborhoods would have much less graffiti.

These are just a few of the immediate benefits that the world would enjoy if men were relentless in the fight for our families.

Young men would not so often struggle to imitate what they had never seen. They would see how good men treat their fellow men. They would see how good husbands treat their wives. They would see how good fathers treat their children.

Sadly, they are too often left to do their best to "figure it out." That should not be the case or the course. This course leads to incarceration, regret, and sometimes even death or dismemberment. I am convinced that most men don't realize how necessary and important they really are when we are in place.

Men we must be RELENTLESS as we engage in the fight for family!

A fight, yes, but a worthwhile fight it is! This is the fight that must be won. We must contend with all that is within us. We are men! We are warriors, and WE ARE IN A WAR!!! How we fight is important. This must not be a half-hearted moment! **Men, we must be RELENTLESS as we engage in the fight for Family**.

APPLICATION CHAPTER 16

1. **Your family is under attack!**
2. **What used to be considered immoral is now normal.**
3. **Fathers should take pride in raising their own children. It should not be left to the state or other men.**
4. **Men should be protectors of their wives instead of abusers!**

CHAPTER 17

THE COST OF UNFORGIVENESS

(THE PRICE OF BITTERNESS)

There is not much thought that goes into a decision of un-forgiveness. As tempers rise and anger seethes, the reality is that unforgiveness seems to be a natural human course. It just seems to be the way things go and too often remain for too long. The longer this condition of un-forgiveness is allowed to incubate, the baby grows and strengthens. It becomes stronger and stronger. It does more and more damage, like cancer. Un-forgiveness then takes on a life of its own. In a very short time, the cost may become insurmountable!

I am not a medical doctor, but **I do believe that unforgiveness may be the cause of many physical ailments. Heart attacks, strokes, and high blood pressure, to name a few, are on my unprofessional shortlist.** People may not realize that they may be paying a significant cost to have to hold and maintain

I do believe that unforgiveness may be the cause of many physical ailments. Heart attacks, strokes, and high blood pressure, to name a few, are on my unprofessional shortlist.

the decision of un-forgiveness. I call it a decision because when one does not make a decision to forgive or to "let it go," the reality is that it was indeed a decision for unforgiveness.

Bitterness is a high-priced commodity. This 'paid position' closely resembles the cost of un-forgiveness. I wanted to use this phrase so as to hopefully convey the ridiculousness of one who would actually exchange the currency of good health for long periods of sadness, emotionalism, negativity, and drama. It simply doesn't make sense! Yet, people trade in this kind of commerce for years and years. Be advised: this could be taking a massive toll on you. It could be collecting major fees. Perhaps you don't feel the effect right now, but your regrets could end up eating you alive.

The thought, the reality that you could have controlled this death, begins to dawn on you. You could have stopped the bleeding, but you chose not to. The thought is all but unbearable as the finality of the exchange begins to manifest. Children suffer, and their young minds are poisoned. Generations are impacted and infected as the cost of un-forgiveness continues to rise, like inflation. They begin to live in and accept this toxicity as their normal. The economic instability caused by pain and hostility has so damaged your world that their world is now rendered unrecognizable.

I declare it is not too late to reverse the damage! Swallow your pride. Let it go! Forgive! Indeed, forgetting may not be humanly possible, but continuing in the present pattern is insanity! The cost is just too high.

APPLICATION CHAPTER 17

1. **Unforgiveness is like cancer.**
2. **It seems to be natural, but it is a terrible decision.**
3. **For children our toxic environment becomes their normal.**

CHAPTER 18

TO LOSE IS NOT ALWAYS A LOSS

Have you ever suffered abuse? This could be abuse of any kind. Keep in mind that there are many different types of abuse. Abusers seem to know how to make their victims feel as if somehow they are needed. The abused somehow feel that they must have the abuser in their life in order to survive or to be ok, as if they deserve the abuse! This is such a twisted reality in which some abused people live. The truth of the matter is that this is only one of many instances wherein losing would not be a loss at all.

People can be seasonal. They are necessary for certain seasons, and then, in other seasons, it may be important that they have no access to our lives at all.

It is a fact of life that people come in and go out of our lives. Some have a more challenging time accepting this than others, but we all must face it. **People can be seasonal. They are necessary for certain seasons, and then, in other seasons, it may be important that they have no access to our lives at all.** We often realize that we are actually better off without them, which is only possible when a decision to that effect is made. To say this more plainly, it may be convincing to you to decide to see and agree that you really are better off without certain people in your life.

The fact is, there may be people in your life right now without whom you would be so much better off. Some learn the easy way, but others learn the hard way. I have found that I have had to make decisions about certain things and certain people that I thought I needed. Once I decided, I found that letting them go was not as hard as I thought it would be. The icing on the cake was living without them long enough to become convinced that I truly was better off without them.

There is an old Christian contemporary song sung by Jessie Dixon that says, "I lost it all to find everything. I died a pauper to be born a king. When I learned how to lose, I found out how to win; yes, I lost it all to find everything." I find this to be a hard truth. We tend to hold on to things and people with such determination that opening our hands to receive what (and sometimes who) may be so much better for us is hindered if ever accomplished.

A person's self-esteem could play a significant role in letting go of people and things. One should grow up believing that he or she deserves the best that life can bring. This is not always the case, though. When people are told things like "You will never amount to anything" or "You are so stupid," many grow up with this sad belief system. With such a damaged belief system, they attract to themselves what they believe they are deserving of.

This is why parents, teachers, adults, and people in general should be careful about what we say and sew into the impressionable minds and the moldable dispositions of those around us.

This reminds me of a ninth-grade math teacher whom I had. I did struggle with math. I will never forget what this teacher said to me one day. He said, "I hope you are not planning on going to college. You won't make it in college." Well, not only did I go, but I also graduated with a 3.35 GPA. We could stand to lose those discouraging voices who are sometimes in influential places. To lose these types of teachers would certainly not be a loss.

As I represent my gender, I hope to inspire men to make everyone who is connected to them better. I want my life to be such that the loss of me would mean losing a wise man, an awesome husband, and a great father for those connected to me.

APPLICATION CHAPTER 18

1. **Make a decision to lose the dysfunctional and abusive people in your life!**
2. **Letting them go is easier once the decision to do so is made.**
3. **Your decision to lose it all may be the key to finding everything.**

CHAPTER 19

MAKING SENSE OF THE NON-SENSE

We have all made mistakes. We have all done things that we wish we had not done. I mean selfish, perhaps even stupid things! If only we could turn back the hands of time. As we look back, we would even call what we did non-sense! Having these things behind us, there is nothing at all that we can do to change what has been done.

Humpty Dumpty would never have sat on that wall had he been able to predict his fall. Many who have fallen into drug addiction can relate to Humpty Dumpty in this respect. Had they only known the life that would follow the first "hit" they may have never taken it. One of the ways to make sense of the nonsense would be if the addict could become a drug counselor. An alcoholic could become a sponsor and help others to break free from their addiction to alcohol. These are just a couple of ideas of how to make sense of the non-sense.

I have been called a perennial optimist. I'd like to admit that I wear that title with pride. I truly do my best to find something good in the worst of circumstances. In some instances, we really can make sense of some of the non-sense in our lives, but ultimately, God is the one who can truly turn our scars into stars. God makes "sense of the non-sense" but we must do our part in cooperating with God as He puts the pieces of our broken lives back together again.

God turns tests into testimonies. With God, there is purpose and power in our pain. Cooperating with God means being willing to tell the story. If I can help someone to avoid the "pot-holes" that I hit by telling my testimony, then my pain now has a purpose.

God challenged me many years ago and said to me if I told the story, He would show me his glory. I started saying to people, **"I am not proud of the mistakes I've made, but that I refused to be ashamed to tell them."** Telling my own mistakes has proven to become a pillar of strength for me. It made falling into the same kind of fault a harder failure to repeat.

Right now, if you think back (you probably wouldn't have to go back too far), you may be able to list several mistakes that you made. Join the group; we've all made mistakes. I would like to empower you to see these mistakes from a different point of view. Few know better than you do why certain paths should never be trodden and why certain areas and people should be avoided. I hope you will turn the pain of your mistakes into power. Tell the story. Share your blunder and watch it

"I am not proud of the mistakes I've made, but that I refused to be ashamed to tell them."

become purpose. There is a way to make sense of the non-sense, and you can do it!

APPLICATION CHAPTER 19

1. **One way to make sense of the non-sense is to empower others so that they do not make the same mistakes you made.**
2. **Use your life, tell your story!**
3. **There is purpose and power in your pain!**

CHAPTER 20

YOU CAN'T FIX WHAT YOU WON'T FACE

Most would agree that human beings are habitual creatures. The crazy thing is that we often become victims of our own habits. When our own habits cause us problems, we have no one to blame but ourselves. These days, honesty is no longer a common choice. We happen to live in a society that has become so irresponsible we look to blame and hold everyone and anyone responsible except ourselves.

These bad habits cause many to keep waking up in places and situations they never wanted to be in. We must break the "blame game" habit. Learning to hold ourselves accountable is the key to the fix. As the title of the chapter suggests, the fix follows the face.

I realize that this sounds very simple. It is easier said than done. People have developed a habit of not facing things and have become so accustomed to doing it that they feel very comfortable doing so. It has become their normal. Why fix what is normal? There is nothing to face. My mother taught me that this is called a conundrum.

I have discovered that not only do we excuse ourselves of responsibilities, but close friends and family members can also keep us from seeing the error of our ways by making excuses for us. In so doing, they may also keep us from facing our faults. Hence, we don't fix our errors.

You may know some dysfunctional people; these people seem to have a hard time getting out of their own way. Bad things just seem to find them no matter where they are.

I am not convinced that it is mere happenstance. I do believe that **as long as a person does not have to feel the consequences of their actions, they will likely continue to do unwise things and experience bad situations.** The problem is not the situation; the problems are within the people!

The consequences that result from un-faced issues not only remain unfixed, but they also lead to further consequences, which cause the persons to spin violently out of control. This never-ending and ever-sinking quagmire simply festers from generation to generation.

There are babies that are suffering right now. Babies are paying the price for problems that adults have! Problems created by adults should not be borne by children! I see this as irresponsible! I am sure you will agree that these things ought not to be. Adults must do a better job of fixing their problems, but again, all of it begins with facing them.

Let us consider this as an example of a person who always has car problems. “If it ain’t one thing, it’s another!” They always have different problems with whatever car they have. Truthfully, the problem is not within the doors of the car; the problem is them! If this person ever decides to face it, they’ll likely see that the problem was never with any of the cars at all. Whatever “it” is, if they will ever be able to fix it, they will certainly have decided to face it!

As long as a person does not have to feel the consequences of their actions, they will likely continue to do unwise things and experience bad situations.

APPLICATION CHAPTER 20

1. **What are some of your probable, unstated bad habits?**
2. **Name a few areas of your dissatisfaction. Now, why do you think it is that way?**
3. **In your opinion, what is most important when facing problems?**

CHAPTER 21

IT'S NOT DEAD, DEAL WITH IT!

Since it is not dead, doesn't it make sense to deal with it? Could this thing that is not dead be the death of me? If I don't kill it, could it kill me? If I don't master it, could it master me? If I don't control it, could it control me? Sounds like something I need to deal with, doesn't it? What is your "it?"

If you never go anywhere, you'll forever be where you are!

The act of finally dealing with it results only from the making of a decision. Making a decision takes power! The power that it takes to make a decision is a decision that gives the power back to you. This means you will be more powerful than before. This is taking your power back!

You see, **If you never go anywhere, you'll forever be where you are!** This means you'll never go anywhere. If you never go anywhere, you'll never make any progress. If you never make any progress, you'll never change. To never change means to never grow because everything that is growing is changing! Water that doesn't

Pay now, or pay later, but you will pay!

flow becomes stagnant!

"It" is the thing or things that you may be choosing (deciding) not to confront or to put an end to. What are some of the things that you need to put an end to? It could be alcohol or drugs; these two culprits have been the demise of many gifted and talented people! They chose not to check themselves into rehabilitation. They just act as if, despite being aware of the problem, it might just magically go away. Much like the proverbial "Ostrich who sticks his head into the sand."

"It" could refer to bad habits like smoking, procrastinating, or being promiscuous. What seems to be ok for now, may take a huge toll on a person later in life. All because of a decision not to deal with it! **Pay now, or pay later, but you will pay!** Sound like procrastination? Yes, and I would agree. This is one that can have a major effect on your world and maybe even on your life.

Deal with it!! Don't put this off! Not even one more day! You know what "IT" is! The longer you don't deal with it, the stronger it becomes. The stronger it becomes, the more difficult it will be when you finally decide to deal with it... if you ever decide to deal with it. If you don't deal with it, it may indeed deal with you!

APPLICATION CHAPTER 21

1. **If I don't fix it,__________ (control, master and kill)**
2. **What area of your life do you need to take your power back?**
3. **Everything that is growing is __________.**

CHAPTER 22

DECISION NOT TO BE SATISFIED

This chapter title makes no sense. Here is the question: Would anyone ever be so silly as to decide not to be satisfied? Most of us would like to think that we would be correct to bellow out a resounding NO! The truth of the matter is, despite the saying that action speaks louder than words, there are people all around the world who make this painful decision every day and end up unsatisfied!

I have had the experience of working with a young man who, after several years of marriage, decided that he no longer wanted to be married. So, he "made a decision" not to be satisfied with his wife. His wife truly loved him, but make no mistake, when a man or a woman decides not to be satisfied with their spouse, then everything the spouse does wrong becomes magnified and obvious. Suddenly, nothing is good enough, and all of the things that never bothered him before now become extremely irritating.

I think that satisfaction looks like provision, and It feels like provision. When people have provision, they are satisfied. Making a decision to be satisfied just makes sense to me. I know it sounds a little weird that one would need to make a decision to be satisfied.

You see, when a person makes this decision, there is a tendency to appreciate what has been provided, and when a person decides not to be satisfied, they leave the place of provision in their heart and mind. Everything that the individual once had (provision) is then exchanged for everything that they don't have or refuse to see and accept. Now that I have the chance to experience the things I've never had, the things that were once cast aside are now wonderfully available.

What do you do when you get what you wanted, only to discover that what you now have, you never wanted, and what you once had, you now desire? These are the consequences of decisions made to not be satisfied. I believe that one of the things that God created us for was fellowship. Early in the book of Genesis, God said, "It was not good for the man to be alone…."(Genesis 2:28). Having left his wife and children (fellowship), he was now naturally lonely. Now lonely, he seeks out companionship, but wait, that is what he just had and where he just left.

Men, we must not be selfish, taking the hearts of females, engaging them to satisfy our lusts, and then pulling away from them just when they have let their guards down and become vulnerable again.

To navigate with a compass that reads "lonely," is a train wreck looking for somewhere to happen. Remember, we were built for companionship. There is no such thing as a perfect companion. So again, we must decide to be satisfied with our chosen companion because they have the same decision to make. With the compass now reading lonely, off we go, making bad decisions right from the start! I didn't want to be married, nor did I want loneliness, so I hated being single, although it was what I wanted. I end up in a situation-ship that I should not be in, trying to escape a relationship that I am still legally bound to.

This leads to open up worlds of harmful opportunities. Remember, this new single world is a deceptive playground of availability. Harmful opportunities? What do you mean by this? Oh, I am so glad that you asked. I mean, when you medicate your loneliness, you prepare to harm that other lonely person who was legally not bound with anyone and not committed to God either. **Men, we must not be selfish, taking the hearts of females, engaging them to satisfy our lusts, and then pulling away from them just when they have let their guards down and become vulnerable again.** This is the train wreck of which I mentioned.

If we ever had a relationship with God, we now feel disconnected. Looking at where we are, we wonder how we drifted so far from God, wondering if we can ever return. Do we dare begin to consider our children? Relationally, our children could be forever scarred because we took their love and fellowship that we shared with them for granted. I thought I was leaving my wife, but what they feel is real; I left my entire family; I left them. This place, this heart that was once whole, now bears a hole that may never be healed … all because of a decision not to be satisfied.

The decision not to be satisfied is made by the person who decides to be unfaithful. All too often, "it could never happen to me…" is the attitude. This attitude is consistently proven wrong. The **"it"** is called **CONSEQUENCES**. My greatest concern is that the ones that suffer the most are almost always the children. Yes, the innocent ones are the ones who usually end up paying the highest price. The decision not to be satisfied is a road littered with collateral damage. Many can end up hurt, and worst of all, the intended happiness that was sought becomes an illusion filled with darkness, pain, and regret.

APPLICATION CHAPTER 22

1. **Enough is only enough when one decides that it is enough, and not until!**
2. **Provision is what it is but it is never enough if I'm dissatisfied within!**
3. **The perfect companion does not exist!**

CHAPTER 23

BABY, YOU ARE ENOUGH FOR ME

Decisions, decisions, decisions! That is what it all boils down to. I was thinking about some of the things that need to happen in order to make marriages stronger. As I was thinking, God answered my question; he simply said, "Decisions." Let me present this rather unique perspective.

First of all, in many cases, if fidelity will ever be, I believe that one thing that really helps is when a man or wo**man** decides on it. I discovered that this decision needs to first take place in the mind of an individual. The time to prepare for war is in the time of peace. I think that things that take place far too often in the mind never make it to the mouth. Words spoken are as seeds planted. The Bible says, "For with the heart man believeth unto righteousness, and with the mouth confession is made unto salvation." (Romans 10:10.) Sometimes, we fail to plant the seeds, and we find ourselves hungry when there is no harvest.

Salvation carries the idea of being saved and I think that many times, we need to be saved from ourselves! We are often our own worst enemies. Many that fail, fail to have victory in their thought life. This is the first place: the battlefield of the mind. The longer we fail to make certain decisions, the more susceptible we are to those given areas of failure. In other words, by avoiding these critical decisions, we have made decisions to be vulnerable, weak, and very likely to fall when the opportunities present themselves … and the opportunities WILL present themselves. Considering this, I decided that my wife was enough for me (I made a decision for fidelity); I didn't know it right away, but I would soon have to wrestle with the idea that I would need to inform her of my decision and yes, I would need to inform her … OUT LOUD.

Many years ago in college, I learned that a woman's #1 social need was security. To say this decision out loud would give her just that, but was I willing to give her that? Was I strong enough to give her that security? Now you see, the wrestling match (in the mind) began to intensify. "What if I say it and then I can't …" That is the wrong thought, or better said, and it is "STINKIN' THINKIN'!" It would be incorrect to complete that sentence because, you see, it is not if we can be people of fidelity; it is WILL we be people of fidelity.

I decided that I would be, so I went to her and said it … OUT LOUD. It really made her smile. She told me later that she really felt secure in our relationship, and that made me feel good, too. The crazy thing that happened is that I began to feel more secure, too! **Yes, my decision to give her the security that she needed gave me security because when a woman is secure, everything around**

her usually benefits.

The kicker to this whole thing for me is this: although she needed to hear me say it, saying it probably benefited me more than it did her! I needed to hear me say it, my confession, my voice in my own ears, from my mouth, in order to believe it in my heart. The more I said it out loud, the more possible it became for me because it became more and more believable. I may have a hard time believing others, but one person that I really want to be able to believe is me! The result is that I am a better man, and I like myself better. I trust myself more with her heart, and that makes me a trustworthy man of integrity.

Yes, my decision to give her the security that she needed gave me security because when a woman is secure, everything around her usually benefits.

I always told people that I was a man of integrity. Now, as I am learning to exercise the power of decision, I see that man looking back at me in the mirror. He is proud to be who he is because he can be trusted with such a precious possession.

The Bible declares that "… godliness with contentment is great gain." (I Timothy 6:6). So until we make decisions to be content, perhaps we may never truly be considered Godly men. Here is the question: can your wife or husband trust you with her/his heart? I think that this is a great accomplishment. If this is that place to which you have attained, then I congratulate you and say you are very likely a godly person. The world needs more people like you. It is people like you who dare to look your spouse in the eyes and say OUT LOUD to them, “Baby, you are enough for me!”

APPLICATION CHAPTER 23

1. **Fidelity will only never reside until a decision for it is in place.**
2. **The reason that my wife is enough is because I've decided that she is!**
3. **As a man thinketh in his heart, so is he. (Proverbs 23:7) KJV**

CHAPTER 24

THE FIGHT FOR RELEVANCE

(A parent's fight for relevance in the life of an adult child)

Solomon said … "I returned and saw under the sun, that the race is not to the swift, nor the battle to the strong, neither yet bread to the wise, nor yet riches to men of understanding, nor yet favor to men of skill; but time and chance happeneth to them all."

As time and chance happen to us all, we all seem to grow older faster. As we grow, we learn more and more about ourselves and about the people we love. In this life, we learn that there are times and seasons. Many of us parents were unprepared for the fact that there are apparently times and seasons of relevance. I am speaking of relevance in the lives of our children.

If you are like me, you have been fighting to be relevant and to remain so in the lives of your adult children. I am discovering that many of our contemporaries are experiencing the same. Our reality may be that this is a fight we can't win, likely a worthless one with no merit. Sadly, it may be a losing battle. The only trophies at the end of this fight might be sadness, frustration, and long introspections of what ifs and maybe if I hads. Only to discover that it usually has nothing to do with us and everything to do with them.

Those who stay in the fight for too long may even experience depression and feelings of worthlessness! You must refuse to feel worthless! I know that I've been the father that I never had but always wanted. Yet, we often question ourselves as to what it is that we may have done to feel so disregarded and cast aside.

Your passion is found when you look within yourself and choose to focus on the two or three things that you really care deeply about.

Taking into consideration their busy lives, if we are not deserving in their minds of an occasional phone call, a text, or an email, then justifiably, we feel irrelevant. We all want to be in the place called relevance. So now, as we strain to swallow this reality (and swallow it, we must), I believe that we must not only go on, but we must "grow" to find and create relevance in our own world. The reality is that if we have managed to remain a part of their lives, in many cases, we simply are not a part of their world.

We must see that there are people who do desire a relationship with us. These are the people who have made decisions toward our relevance. It is up to us to discover them and to respond to their needs. We must make the decision not to fight wrong fights, looking for relevance in the hearts of those who have (by their actions) decided that we are irrelevant. I believe that your relevance will be found when you discover your passion.

Your passion is found when you look within yourself and choose to focus on the two or three things that you really care deeply about. Let's be practical right this minute. Here is the question: What are 2 or 3 things (people) that you care deeply about? Are their needs or wants deserving of your focus? Start here, and before you know it, you won't have as much time to miss the place where you may have become irrelevant.

Who might they be who may have decided that they want you to be a part of their lives? They may have to be your choice because, in many cases, sadly, it may not be your adult kids.

Yes, we grew up embracing what may have been thinking errors. Somehow, we thought that we would always be relevant in their lives.

How have we, who were once primary and so relevant, seemingly become irrelevant? We have fought and desired to be relevant. Somehow, we thought we would always be what we had once been. No one told us that we would one day be irrelevant, so we assumed. Here is a view of relevance:

Once we fed them, held them, comforted and kept them, consoled them and dried their tears, we fed them with bottles, provided food and shelter, bought'em cars, then taught them to drive them, we sent them off to college to prepare for life beyond us. If we were good parents, we gave them identity and character. Now, it seems that we have accomplished just that. They seem to think now that they are beyond us. We, who were once relevant!

Perhaps our teaching was incorrect. It's possible that children eventually outgrow the need for a functional relationship with their parents. Can we properly charge this to the millennial continuum? I know that I wish my mother were still here, and I am almost 60 years old.

As I shared some of these thoughts with my discerning wife, she replied, “The value system that we grew up with has changed. As a matter of fact, it no longer exists! They no longer hold to the traditions and the values that we once had.” She went on to suggest that perhaps the leap to social media and technological advances have so changed the loving, touchable world that we knew into a cold, distant, and disconnected place. “These kids seem to just not accept the things that we know worked!”

APPLICATION CHAPTER 24

1. **With age, you may have to create and maintain relevance in your own world.**
2. **What may appear permanent may merely be an adjustment.**
3. **Never make permanent decisions amidst temporary changes.**
4. **Feelings change…count on it!**

CHAPTER 25

THE GREATEST ENEMY OF DECISION

A sincere thanks to my son, who never allows me to forget some of the things that were impactful to him. Things that he told me would be helpful to so many others. Today, his words are fulfilled as the command from above. I am happy to share that this book comes from the message "The Power of Decision."

It took me a while, but I finally found it. The title of this book came from a message that I was graced by God to preach many years ago. I told my son years ago that I needed to write a book on it. He has never forgotten what I said, and consistently, over the years, he has encouraged and reminded me to "Write that book, Dad." At times, he is so much like his father with his bossy self—with a smile. Every time he said it, I felt it as a command that came from the Lord. The command sounded like him, but truly, it came from above. I finally found the message that I had preached, and so I must now express **a sincere thanks to my son, who never allows me to forget some of the things that were impactful to**

him. Things that he told me would be helpful to so many others. Today, his words are fulfilled as the command from above. I am happy to share that this book comes from the message "The Power of Decision."

The Scripture text of the message was the 6th Chapter of the book of Romans from the Bible. I encourage you to read that entire chapter and be empowered there. Before we dive into the greater focus of this chapter, I would like to highlight the fact that, in my opinion, **the greatest enemy of decision is in-decision.** I believe that the people who are comfortable making decisions are the people who feel empowered to do so. The feeling of empowerment, in turn, leads one to become comfortable with making decisions. Conversely, the more circumstances or people cause hesitation or doubt in your course or your next step, I believe it follows that you become increasingly uncomfortable making decisions.

The greatest enemy of decision is in-decision.

When you become uncomfortable with making decisions, you might find yourself stuck up in situations where you had and still have the power to free yourself— but if you no longer believe that you have this power, you don't exercise it. Stuck, to me, sounds like a place and a feeling of powerlessness. Powerless is not a good place to be, nor is it a good thing to feel. This unfortunate condition can invade many areas of life: relationships, careers, marriage, child rearing, home décor, and many other areas. When people feel "stuck," they often make terrible choices, and that only makes matters worse. Some end up in such a state of desperation or despair that suicide becomes the door through which they decide to escape. If you or someone you know seems to be feeling this way, take action right away! Stop discounting your position and the purpose for which you may have knowledge of their state of mind. You may be the one to "talk them off of the proverbial ledge." In the Bible, the book of Romans 6:9, the Apostle Paul declared, "…death hath no more dominion over him."

Now I realize that I used the above scripture out of context, but I did it on purpose to magnify the fact that one must use the "Power of Decision" in order to break the power of death. **Suicide is an emotional escape. Please know that, this decision can be overcome, but only by the decision to live!**

A closer look at the text reveals eight immutable truths that contrast death for the believer:

verse #2, we are dead to sin

verse #3, we were baptized into his death

verse #4, we are buried with him into death

verse #4b, Christ was raised from the dead

verse #4c, because he was raised (as did he), we also should walk in newness of life

verse #5, we were planted in the likeness of his death

Suicide is an emotional escape. Please know that, this decision can be overcome, but only by the decision to live!

verse #6, the old man (our fallen flesh) has symbolically been crucified with him

verse #7, being dead, we are free from sin!

If you allow me to insert an idea that I believe might fit in this context, it would be this: Verse #8 would then suggest that if or since we have made "THE DECISION" to die with him (symbolically), we shall also live with him! Here, you see the Power of Decision doing its very best work! This is the best and most important decision that you will ever make in your entire life!

Here are four powerful points about sin:

1. It never dies to you; you must die to it!
2. It never gets old.
3. If it ever dies (figuratively) to you, it will only be through many consistent right decisions.
4. Sin takes you where you never wanted to go, costs you more than you wanted to pay, and keeps you longer than you wanted to stay.

THE POWER OF DECISION

Making a decision is a breeding ground for unfaithfulness. We make the decisions to be faithful. Instead of continuous vacillations, we should not waver. The power of decision will turn inconsistencies into consistencies. Those lingering bad habits will be broken, and instead of staying stuck, we begin to experience freedom. No more being controlled. We must take our proper positions and begin to control what once controlled us!

APPLICATION CHAPTER 25

1. **The greatest enemy of decision is ___________.**
2. **Are you a decision-maker? Why/why not? Are you comfortable there?**
3. **The more you avoid making decisions, the more difficult it becomes.**
4. **Decisions must be right, and they must often be ___________.**

CHAPTER 26

COMPETENCE OVER COMFORT

In this chapter, the characters are real. The names have been changed to protect the parties. This is a true life event that should be taken seriously and perhaps considered as an example to follow.

Bill and Barb are God-fearing middle-aged people who have a very strong marriage. These two really love each other and enjoy just being together. They are friends who became lovers, and neither of them likes “drama.” By this, I mean that Bill made a decision that his home would be the “no drama zone.” Both Bill and Barb refuse to have loud or long disagreements. When there is a misunderstanding or a disagreement, they respect each other’s points of view and make concerted efforts to have meaningful and productive discussions but not arguments. Long periods of discord are not allowed to drag on! The reality of arguments seems unavoidable sometimes, but they’ve learned to disagree and not be disagreeable!

Bill has been a fairly good leader of his home. One of the things that he took pride in was helping Barb learn how to “take the emotion out of it.” This meant that if her communication was to be fruitful, she needed to be factual, speak without raised volume, and speak in respectful tones. He was also committed to this as well. Barb caught on to this idea and truly appreciated and mastered that skill of communication.

Bill truly loves his wife, and he "dotes" on her. By this, I mean she gets whatever she asks for, as long as it is within his power and reach. Ok, well … he kinda spoils her. Bill taught Barb how to drive but driving was just not one of Barb's favorite things to do. She was capable but often did everything she could to avoid driving. This worked for many years because Bill was a happy man who wanted to keep his wife happy. It was the beginning of something nice, turning into something "not so good."

Year after year, Barb would bat those pretty baby brown, sad puppy eyes and ask him to drive her to work. She got Bill to do a lot more driving for her than he should have, which really wasn't good. She enjoyed it, and it made him feel like her hero when in fact, it was crippling her in a way and keeping her from becoming as proficient as she needed to be.

One January morning, Barb sent a nice text message to Bill, asking him to drive her to work. She noted several reasons why he should do this and complimented him on how he had been such a good husband to her. This text was received with pride and then with reservation. He was proud because of the compliments that she had enumerated, but then he battled within. He felt that he was doing something for her that he had taught her to do. She had to be allowed (forced) to develop proficiency.

Bill is a man of authority. As such, he believes and practices that he must also be a man under authority. He decided that he needed to get another perspective on his situation. So, he forwarded the nice text message to a man in his life who he respects and trusts. We all need people in our lives who will say the things that we don't want to hear but need to hear.

To make the long story short, the trusted man to whom he had forwarded the text to let him know that driving too much for his wife could be "crippling her!" These words were hard to hear, but after a good, wisdom-filled discussion, Bill understood and agreed that stopping was the right thing to do.

Bill understood that in order to implement this wisdom, a very efficient conversation would need to take place. This would not be easy; it is gonna be like taking candy from a baby! Bill would have to be very gentle and very loving. He had to communicate in a manner that recognized her discomfort, but more importantly, that her competence had to be placed above her comfort.

Bill knew that the discussion was not going to be comfortable, but hopefully, it would be beneficial. He put his reasons on paper in order to ensure that he remained on point. He could not afford to be talking loud and saying nothing.

Barb was not happy with the decision, but she trusted Bill's cover and submitted to his leadership. His love for her compelled him to ensure that in the event of his absence, she was indeed competent. Barb was indeed uncomfortable but proved her competence. Bill even noticed a spike in her self-confidence.

I am convinced that as men, husbands, and fathers, we must commit ourselves to their competence over their comfort.

This was a very crucial point of wisdom for Bill. It was truly a wisdom on his part now, having implemented the wise counsel. You see, wisdom is the application of knowledge. Many would stop here and be done, but Bill recognized the power of the impartation he had received, and he called a few of the younger men who looked to him for wisdom. The notes that he had made in preparation for his discussion with Barb were used again. He taught them (all of them in their 30s) what he had just mastered at almost 60 years old. How wonderful that they could have in their 30s what some never receive. A friend of mine calls this the blessing of influence.

Bill began discussions with these younger men, as he now positions the question to you: As men, husbands, and fathers, should you commit yourselves to the comfort of your loved ones more than to their competence? As the conversations progressed, all of them seemed to receive, embrace, and look for ways to apply this wisdom to their own lives and relationships. To be clear, **I am convinced that as men, husbands, and fathers, we must commit ourselves to their competence over their comfort.**

APPLICATION CHAPTER 26

1. **We can disagree without being disagreeable!**
2. **You can do something nice that cripples your loved ones!**
3. **When you teach what you teach, checking your homework means ensuring proficiency.**

CHAPTER 27

LEGACY OF ANOINTING IN PRAYER

Recently, I had an epiphany of sorts. My wife, my mother-in-law, and I had just had a nice conversation. I was not expecting my dear wife to ask me to close the discussion in prayer, but I was not uncomfortable at all when she did. I prayed and committed our conversation to God. When I was asked to pray, it was unexpected but not at all uncomfortable. Although unexpected, the prayer did not lack precision and power.

Later on that day, I was on my way to work, and I began to reflect on the "sweet moment of prayer." I began to go over the fact that my mother had left me a "Legacy of Anointing in Prayer." You see, my mother had an unbelievable prayer life. I have recordings of times when she recorded herself praying! It seems almost as if she supernaturally knew she was passing on a legacy of prayer! To my recollection, she never said to me, "You have to pray like this or that," but several times, I did. However, I remember seeing and hearing her as she went about her day, communing, singing, and praying to the Lord. I do remember hearing her praying and interceding for my father's women, who were brazen enough to call our house! She cried and wept for their souls to be saved and that they would not experience a burning hellfire.

She even prayed that they would never experience the heartache and pain that they had helped to cause her. I must say that for me, how to pray was not taught; it was caught. I was not as intentional as I'd like to think that I was in passing and modeling the life of prayer to my son. The fact of the matter is that as I did what I caught, he too caught The Legacy of Anointing in Prayer.

I questioned myself on how I could always be able to pray out loud without notice, my prayer comes out powerful and effective. I said out loud, "I got this from my mother!" It was such a heavy moment that I immediately knew I needed to call and have a conversation with my Son about this legacy of prayer.

I pray that God will grant me the joy of one day hearing my grandson pray for people with power and anointing like his great-grandmother once did.

I needed to be certain that he understood what he had, how he got it, and the responsibility that it came with. When I spoke to him, God gave me the analogy of a "courier." Once a courier is in possession of an item, letter, or message, the courier has the responsibility not just to carry it but to deliver it. The responsibility is such that when we pray for people, they really seem to benefit. We have the responsibility to deliver what was delivered to us so that others benefit from what we have received.

I am very pleased and proud that "he got it." He began to share with me that he knew that he had to pass this on to deliver this "Legacy" to his son**. I pray that God will grant me the joy of one day hearing my grandson pray for people with power and anointing like his great-grandmother once did.**

DJ and I were willing to be couriers of this Holy Spirit giftedness. Here is a statement of "icing on the cake." I have been asked by my son to call weekly and pray for my grandson over the phone. My grandson is going to be blessed by the legacy, and I am truly honored to be a courier of the gift. This is hot off the press. "THE GRAND-PRAYER" written for My Grandman Jeremiah D. Johnson:

MY GRAND-PRAYER

Father, I thank you for ________'s life.

I thank you that he will be a blessing and a counselor to his peers.

I thank you for the favor that makes no sense resting on his life.

I pray that you give him wisdom beyond his years!

Let generational blessings of hearts that follow hard after God be his.

May he honor you in deciding to serve the God of his grandfather.

Protect him from all evil and disease.

May he live his life with power and purpose.

May the peace of God go before him in his life's journeys.

Preserve his innocence and sexuality in this untoward generation. Magnify his gifts that they will produce in abundance.

Grant him the desire to walk close to you.

I sanctify and set him apart for the use of the master now and may he be instant in season out of season in effectiveness for you.

This I pray in Jesus' name…AMEN

APPLICATION CHAPTER 27

1. **Powerful and effective prayer happens when prayer is a lifestyle.**
2. **Practice praying out loud and pass along a wonderful legacy.**
3. **What legacy is being passed in your family**

CHAPTER 28

BEING TOO NICE CAN BE TOO BAD

Are you guilty of trying to care more about someone else's life/problems than it seems they do? Do you assume responsibility for the misfortunes of others? I have bad news for you. While you are awake crying, praying, wondering, and worrying about some of the people in your life, many times, they may be snoring! Some of them don't value your time and don't appreciate your concern at all. Are you investing more in them than they are willing to invest in themselves? This is not a good practice.

You may be doing more to fix their problem than they are. They aren't doing it because they aren't willing to do it. The truth is, you really should not allow yourself to care more than they do. You may find yourself stressed out. Your health is taking a turn for the worse because you're trying too hard to be nice. Does it make sense that you can't pay your bills because you are so busy bailing them out? Here it is: "As long as you've got, they need." It will always be this way until you decide that being too nice can be too bad.

You pay their rent because they are too lazy to get a job? Are they your family members? Your children, perhaps? You need to know; you must know that you are not helping them at all. You may have become part of the problem! Being overly nice might be ruining them. This co-dependency is actually crippling them. Are you so guilt-ridden that you are okay with destroying them so that you feel good about yourself? Sometimes, what we do for them has nothing to do with them but has everything to do with us!

Could you be medicating a wound that may never heal? Parents often parent out of guilt. They buy their kids anything and everything that the child wants. The problem is that the child may not know how to tell the parent, "These things are really nice, but all I really want is you!"

I think it goes without saying that I believe in nice, clean, used cars for kids.

In my world, parents who buy their 16-year-old a brand-new car could be too nice, sometimes just plain foolish. This child may grow up to be terribly entitled. They may never demonstrate a true sense of value. "Where there is no investment, there is usually no value." New cars are often wrecked because a 16-year-old is not experienced enough with the rapidly changing traffic pictures. Taking care of a $50,000 vehicle is not in most of their skill sets yet. Not to mention that they have usually not even contributed to the cost. In most cases, it just doesn't mean that much to them if the vehicle is damaged or misused.

I think it goes without saying that I believe in nice, clean, used cars for kids. This allows them to improve their driving skills and mature somewhat in understanding and appreciating the value and purpose of a vehicle. What's worse is if a child loses life or limb. Too nice would really prove to be too bad.

APPLICATION CHAPTER 28

1. **Never allow yourself to care more about another's problem than they do!**
2. **You may be hurting them more than you are helping them.**
3. **Everything you do is teaching lessons and lifestyles.**

CHAPTER 29

A DECISION TO HEAL

(The following story is true. Names and circumstances have been altered to maintain the integrity of all involved persons.)

I know a man named Bill. Bill was often misunderstood. He was known to have a heart of gold. His problem was that he expected people to do as he would do when it came to doing the right things. This led to many disappointments. His wife Emma often said to him, "Bill, you just care too much, and you need to stop expecting so much of people." She told him this because he was consistently extending himself in order to help people. He had been guilty many times of caring about others and their situations more than it seemed that they cared about their own situations. His dear, sweet wife was right. She tried to protect him from himself. Being rather "bull-headed," she is often there to help him "pick up the pieces again." So many times, she had to stand by only to see him hurting over people he had tried to help yet again. He just chooses to believe the best about everyone. This is a great recipe for disappointments.

Bill hardly ever met a stranger. His little brother is often impressed that his big brother just walks up to almost anyone and easily starts a conversation. He is a very talented person. He has an extremely charismatic personality, and to top it all, he walks in the anointing of God. Whenever he speaks to people, they are often moved and ask if he is a preacher or a motivational speaker. This man loves music. He plays a few instruments and can really sing. This led to the fact that he had a wonderful problem, though. His gift for singing was so strong that his greater passion for motivating men was consistently overshadowed. His singing gift truly made room for him, but many times, it was too soon. You see, before people had a chance to really get to know who he really was, he had been exposed to one of his strong gifts, his singing voice. He had not taken the time to really get to know them either. He trusted them too quickly with both his talents. This trust led to his unwise expectations of them.

Bill's greater passion was helping men. He truly desired to help make better men, better husbands, and better fathers. He cares deeply about this and is driven by this powerful conviction. He had studied Psychology in college and had learned a few facts that allowed him to be very interesting and fairly accurate when he stood on his little soap box. He is a pretty convincing speaker.

Bill was quoted as having said, "hurting people, hurt people." In his heart, he knew it, but he spent so much time in his head. Incidentally, another name that Emma calls him is "Cerebral Sam." This woman sure knows her man! It's hard to fully understand a man until the pressure is on. Pressure forces what's within us to come out.

Without going into the painful details, Bill managed to get himself hurt again! Running too fast and not knowing the road. “Trusting and expecting” can be terrible bedfellows. This hurtful lesson came rather late in life for him. He worked at a particular job for over five years. He had been a faithful, loyal employee during his tenure. People came in after him who were promoted above him. He was never chosen for positions that he had put in for. Less tenured and less qualified employees were promoted over him. Time and circumstances then forced him to do the inevitable. He finally announced, “It is time, time to leave. When this time came, Bill still did the right thing. He gave notice and spoke to the supervisor to ensure that he left the right way. This was important to him because he wanted to do the right thing the right way. He wanted to be a man of integrity.

On the day that Bill was to work his last shift, he was “unceremoniously” dismissed. There were those who had retired or left to work in other establishments. When they left, they were honored and celebrated. Well-wishes for them and their families were announced publicly. Their attendance and performance records were not as good as his, and yet, having done his best to “leave the right way,” there was not a word of honor or even an acknowledgment of his tenure. Bill knew that he had done a good job while he was there. Bill was hurt. He felt that he and his family had been disrespected.

"Making a Decision to Heal."

You can clearly see here that one of the painful mistakes that he had made was his expectations. Just because he felt and expected to be acknowledged did not mean that his supervisor felt the same way. The reasons that his expectations were not met are really not important at all. The fact is, had he not harbored such expectations, then his feelings of hurt and disrespect could have been spared.

Now, we narrow down to the main crux of this chapter. I realize that physical healing requires more than a mere decision. However, Bill, I think, could have spared himself if, when hurt or disappointment came, he had been more aware and intentional about **"Making a Decision to Heal."**

Were I to have had the opportunity to counsel or encourage Bill, I would have said to him, as I now say to you, something along this line. Know of a certainty that hurt and disappointment are in the cup for all of us. The Bible says, "Finally, brethren, whatsoever things are true, whatsoever things are honest, whatsoever things are just, whatsoever things are pure, whatsoever things are lovely, whatsoever things are of good report; if there be any virtue, and if there be any praise, think on these things." (Philippians 4:8)

YOU, TOO, MAY NEED TO MAKE A DECISION TO HEAL!

In order for one to "... think on these things," one must assuredly make the decision to do so. I believe that thinking on these things would bring one into a healthier state of mind, a mind in which healing would happen more easily and sooner. To dwell on the hurt could only intensify the pain of it all. The sooner you let it go, the sooner it's gone. Until what is coming out of your mouth is consistently opposite of your pain, you will likely continue feeling undesirable emotions. Said a different way, "The longer one lingers in-decision (to heal), one extends the experience of hurt."

As long as you allow yourself to ponder, rehearse, and whine over the past and pain, you may continue to reward yourself with darkness and gloom. In order to cooperate with God's desired and better plan for your life, YOU, TOO, MAY NEED TO MAKE A DECISION TO HEAL! That is what he wants for you; however, you must understand that he won't force that upon you. For God to force his bride (we are the church, and the church is his bride) would be considered "Spiritual Domestic Abuse." Cooperate with God because when we refuse to say, "Father, thy will be done," He steps back and says, "Okay then, thy will be done."

Placing positive thoughts in the place of the painful ones seems to cause the mood to change to positive instead of negative. My mother-in-law would say, "We don't need any of that toxicity!" I think she is right. Try it:..."Think about these things."

APPLICATION CHAPTER 29

1. **In order to stop the hurt, you must change what is coming out of your mouth!**
2. **Just because you do the right thing does not guarantee that others will!**
3. **The length of your hurt can be shortened by a more rapid decision.**

CHAPTER 30

DEALING WITH ANXIETY

A recent change in assignments at my job reminded me and forced me to acknowledge some of my own very important personality issues. I thought I knew myself pretty well, but under a "different sort of pressure," I discovered and was forced to accept, face, and adjust to myself that I had not often encountered.

When this change happened, what I discovered was that I was a high-strung, type A, mildly OCD perfectionist. I like doing what I do well and doing it with excellence. I don't like doing what I don't feel that I do well, and that causes me anxiety.

While attempting this new assignment, after two to three days of "everything that could go wrong did go wrong," I realized that I was really stressed out and full of anxiety! I thought about my age and stage, and I then decided, "I don't want to live like this, and I don't have to." I feel that I could have pressed on and overcome this hurdle, but at this point, if I am being honest with myself, my "WANT TO" had been affected, and I just didn't want to anymore.

I was fully aware of how I would live with the decision that I had made.

I made a decision to stop that training. I understood that it could mean being moved back to a prior position. I was okay with that. At my age, I don't want to know anything that I don't really need to know. What I don't really need to know is what this training was offering. The price of learning brought stress and anxiety into my life, and I decided that the price was simply too high!

I made my supervisors aware of my decision and felt an immediate lifting of the pressure. I experienced relief from the anxiety. I felt so much better right away!

My new level of comfort was the result of two things: an honest acknowledgment of my needs and my willingness to make a decision. So, I made a decision. **I was fully aware of how I would live with the decision that I had made.** This was a good decision. I was aware that others really wanted me to go forward and that some would feel disappointed. I did not allow that pressure to affect me. It was the right decision at the right time for me.

APPLICATION CHAPTER 30

1. **Be honest with yourself about yourself.**
2. **Accept about what you may not like about yourself, but what you know is true of you.**
3. **Make a decision, considering how you will live with that decision.**

CHAPTER 31

DECISIONS AND SEASONS OF PEACE

As I get older, I am realizing that when I am intentional, what I want to see happens. This is probably the case for most, but most people haven't become aware of this reality. In this **SEASON** of my life, I am very intentional about a lot of things. I am extremely intentional about **PEACE**.

Some time ago, I had a vision for an area of my backyard. There was a large Palm tree in this area when we purchased the home. At first, I liked the tree as it lured my imagination to lovely places to go, like Hawaii and Florida. However, as time passed this Palm tree seemed to become less and less appealing to me. Seasons changed, and those large, once beautiful green leaves turned brown and dry in the hot Texas sun. It seemed as though the leaves turned brown faster than the green ones grew, so the Palm tree became more of an eyesore than an ornament of joy.

One day, I conceived a vision (in my mind) which was to soon become a reality. I didn't realize that soon, what was in my mind would be a place that I would enjoy. I had a vision to create an area in which we could relax. I needed a place to move my BBQ pit off the porch. Doing this would allow us to have more room on the porch and also to create an additional area in our backyard where we could relax.

One day, a group of contractors were cruising through the neighborhood. They had to have been looking for opportunities/work because it was not easy to see the Palm tree in my backyard. The young man noticed that I was mowing my yard. He waited until I came up to the front, and he said, "Sir, I can cut that Palm tree back there down, cut it in small pieces, and haul them all away for you." He could not have known that I had been threatening to do just that. I even purchased a small chainsaw, which would have been way too small for the job.

If I had attempted the job, I would have been "in way over my head!!!" He did not know that I had a vision for the area. As I now consider the whole thing, I know that God used him. Better said, God sent him to help me bring into manifestation what was in the mind of God for me before I had even drawn my first breath!

Decisions are truly essential to the realization of our thoughts and dreams.

If you ever "make a decision" for "Peace," it is important that you expect many temptations will come to lure you away from your decision. One day, while working as a Corrections Officer, I had an inmate call me out of my name, cursing and being very disrespectful. In our line of work, we often refer to this as "behind-the-door courage." This reference is made because once the door is open, most of them calm down, and the tone changes to a more respectful one.

I was so determined to remain in my peace that I totally disarmed him with my reply. I said, "Sir, there is nothing that you can do or say that is going to make me disrespect you. Do you need any water? He later apologized and asked me for a lunch sack.

The moral of this story is that there are many manifestations that are intended and purposed for us. However, if certain specific decisions aren't made, these manifestations may never come to fruition. **Decisions are truly essential to the realization of our thoughts and dreams.** What decisions have you put off or neglected? Are you missing God's intended benefits for your life because of your lack of executive performance? Take your life back. Take your power back! Live your dreams. See and enjoy all that has been set for you. You deserve to live in and have Peace. This is one decision that you will never regret... MAKE IT NOW!

APPLICATION CHAPTER 31

1. **To value peace and not be experiencing it, is to not make a decision for it.**
2. **Before an idea becomes a reality, one would do well to envision it.**
3. **You should be able to relax in the manifestations of your mind.**

CHAPTER 32

THE MOST IMPORTANT DECISION I EVER MADE

Life is full of decisions, and life is all about decisions. The greater reality that manifests in our lives will be the result of the decisions that we've made. There are some decisions that are inconsequential and others that are monumental. I believe that your actions almost always follow your belief system. What you believe should be easily explained and understood as one observes the way that you live. What does your lifestyle say about your belief system? Is the realization of your life consistent with what you have said that you believe?

Years ago, my mother (now many years deceased) taught me that "if you don't stand for something, you'll fall for anything." The things you would say you stand for are things that very likely represent your belief system. Well, regarding decisions, I believe that the most important decision that I've ever made was to place my faith in Jesus Christ as my Lord and Savior. This decision was made at the tender age of 12. Forty-eight years ago, I gave my life to God. It was then that I began surrendering my will and the direction of my life to Him. I can honestly say that this is one decision that I will never regret.

I see the Bible as a complete book of principles, rules, directions, and consequences as well. I have sought to live my life by this collection of directives and principles, and it has paid off in wonderful ways for me. I began to read and study the Bible as a young teenager. One of the first passages that I committed to memory was the 23rd Psalm. Since my name is David, it made sense to me that I would start reading and appreciating this book, as the name of the man who is credited with writing a predominant amount of the book of Psalms is David. David began this Psalm with a declaration about who God was to him. He declares God (The Lord) to be his shepherd. This declaration is a statement of humility that clearly intimates that, as a man, he recognized his need for counsel and guidance.

The recognition of my neediness was one of the early things that was very apparent to me. One of the things that I knew was that I really didn't know at all. My invitation for Christ to come into my life and to be my guide made it okay for me not to have to know. There are very few things that I know, and one of them is that He Knows! Because he knows it all, I don't have to. The older I've gotten, the more comfortable I have become with these three words, "I don't know." I find it to be a great relief to be able to relax and not have to know. Someone else knows, and unlike me, he won't forget that He knows what He knows.

David begins next to make known the provision that a decision for the Lord brings. Rest, comfort, direction, and refreshing times are only a few of the fruits of this decision. Even in times of peril, protection is yours. Lastly, there is the promise of one day dwelling in the house of the Lord throughout eternity. What an awesome reward for the right decision.

Perhaps some of you have not yet made this decision. Some of you may choose to never make this decision. This is your prerogative. I make no apologies for sharing with you the reason for my success. Should you not choose to include this decision in your life, I will not attempt to judge. But I would like to encourage you to look into the joys that this decision can bring into your life and experience. What I have written here in this chapter is merely scratching the surface of the joys, peace, and blessings that this decision has afforded me.

I'd like to invite you to begin a relationship with God. I grew up in a mainstream denomination, and we made it rather difficult and cumbersome to come into a relationship with God. In my walk with God through the years, I've discovered that it isn't nearly as difficult as we made it.

Prayer is communication with God and it does not have to

include "thees" or "thous" nor hithers and thithers. Coming to this wonderful place of decision is as simple as putting this prayer into your own words, "I recognize that I am a sinner. I do believe that Jesus is the one and only Son of God who came to earth and gave his life as a ransom for me. I do believe in the death, burial, and resurrection of the Lord Jesus Christ and that his blood being shed on the cross was enough to pay the debt for my sins. Jesus, I am asking you to come into my heart and be Lord of my life." He said that, "…if you confess with your mouth and believe in your heart that God raised Jesus from the dead, thou shalt be saved." (Romans 10:9) I assure you that the word of God declares that if you open up the door of your heart, He will come in and be with you. **He will help you live and walk through this journey called life, and you'll never be the same.** Today can be your day of decision. You, too, can make what may well prove to be the most important decision of your life. You have nothing to lose and only eternal life to gain! MAKE THIS DECISION … NOW!!!.

He will help you live and walk through this journey called life, and you'll never be the same.

APPLICATION CHAPTER 32

1. **Your actions almost always follow your ____________________.**
2. **Have you made the most important decision that you will ever need to make in your life?**
3. **To be clear, my decision to choose to make Jesus the Lord of my life is the reason I am a better man, a better husband, and a better father.**

PRINCIPLES FOR LIFE

1. *Here I stand on the edge of my destiny, gazing out into a sea of uncertainty, confident of the call, without a clue where I am going...*
2. *It is so easy to get yourself into something that you may never be able to get out of.*
3. *If you don't fix (manage, control, and kill) the problem, the problem may fix (...) you.*
4. *When not humble enough to reach out, one may not be hurting enough (ready) to heal.*
5. *It is difficult to heal from hurt when hurt is not first acknowledged.*
6. *When you know you are right, don't fight!*
7. *The best response to your enemy is a good decision!*
8. *I am too old to have bad days!*
9. *The greatest enemy of Decision is "In-Decision!"*
10. *If you're not going to do what I say, you should at least do what you say.*
11. *We know that you are not going to do what you say, so you might consider doing what I say.*
12. *To not confront dysfunction is to give consent to it!*
13. *If you don't correct your process, you will probably duplicate your problem!*

14. *When a man is not on Purpose, he may serve no purpose!*
15. *If you don't FACE the problem, you'll probably never FIX it!*
16. *Thinking is intellectual energy in motion!*
17. *Refusal to make a decision is a poor decision made!*
18. *As long as what is coming out of your mouth is consistent with the pain/hurt you feel, you will continue to feel that pain/hurt.*
19. *The purpose of your existence (as a man) is to make this corner of your world better and brighter!*
20. *Before I make a decision, I need to consider how I am going to live with the decision I make.*
21. *Your commitment to the truth of my words will determine your ascent.*
22. *Just because you are doing a lot doesn't mean you're getting a lot done!*
23. *Some people are not humble enough to make the decision to submit.*
24. *You must commit the phrase to memory and then commit to the memory of the phrase!*
25. *You are not a man by mistake nor by chance. You are created a man on purpose, and there are certain responsibilities and expectations that come with your maleness!*

Made in the USA
Monee, IL
11 November 2026

df11523b-9160-4ed3-96bc-135094466d7aR01